Helwig Brunner

Flirren

Roman

Literaturverlag Droschl

Es gibt ein Bild von Klee, das Angelus Novus heißt. Ein Engel ist darauf dargestellt, der aussieht, als wäre er im Begriff, sich von etwas zu entfernen, worauf er starrt. Seine Augen sind aufgerissen, sein Mund steht offen und seine Flügel sind ausgespannt. Der Engel der Geschichte muß so aussehen. Er hat das Antlitz der Vergangenheit zugewendet.

Walter Benjamin: *Über den Begriff der Geschichte*, These IX (1940)

Manchmal habe ich das Gefühl, / ich müßte aus noch einem / und einem weiteren Traum erwachen, / um endlich dort anzukommen, wo ich wirklich bin.

Christoph Ransmayr: *Der fliegende Berg* (2006)

Wir müssen uns auf die Hitze, die drängendste und wahrscheinlichste Bedrohung unserer Heimat und Existenz, konzentrieren.

James Lovelock: *Novozän. Das kommende Zeitalter der Hyperintelligenz* (2020)

0 die Dinge

»Würden Sie mich bitte in Ruhe lassen. Das Fenster, bleiben Sie vom Fenster weg, ich will die Weite vor mir haben, die Wüste, die Windräder. Nach dem Rechten wollen Sie sehen? Hören Sie, Ihr Auftrag kümmert mich nicht, ich werde an der Erfüllung des meinen gemessen. Man muss, um die Zukunft freizulegen, Tonnen von Schutt beiseiteräumen, den die zerbröselnde Geschichte hinterlassen hat. Man muss tausend Sätze schreiben, um sich dem einen zu nähern, der ungeschrieben bleibt; denn jeder Satz, meinte ein Dichter in den Hoffnungsjahren Europas, sei eine Übersetzung des einen Satzes, den es nur in Übersetzungen gibt. Man muss Beharrlichkeit an den Tag legen, Durchhaltevermögen wider jede Vernunft. Man muss vielleicht sein eigenes Überleben vortäuschen. Man muss, und das ist das Schwierigste, Sätze ertragen, die mit *man muss* beginnen; tatsächlich, wissen Sie, trägt unsere Zeit einen kategorischen Imperativ in sich, der längst überwunden schien. Ich schreibe ja nicht etwa über mein unbedeutendes Leben, sondern um mein Leben, ganz so, wie draußen in der Wüste mit knirschendem Staub zwischen den Zähnen ein Flüchtling um sein Leben läuft, auf den es die Jagddrohne abgesehen hat. Der sich, wie im Grunde jeder und jede von uns, verloren weiß im toten Nichts einer toten Landschaft und dennoch rennt, solange er noch kann. Er rennt, ich schreibe. Was ich schreibe, ist bloß ein Beispiel, doch dieses Beispiel muss treffend sein, zutreffend über sich selbst hinaus. So lautet die Vorgabe. Aber suchen wir nicht überall das Unbedingte und finden immer nur Dinge? Kennen Sie Novalis? Aber was rede ich. Sie verstehen mich ja doch nicht. Nun gehen Sie schon!«

1 die Echse

Vor meinem Fenster liegt Mitteleuropa, die gehäutete Echse. Am Horizont ragt der Alpenbogen kahl und grau aus der Ebene, entlang des Grates bilden zweihundert Windräder den Rückenkamm des Reptils. Das Grün, von dem alte Aufzeichnungen und Bilder zeugen, haben Hitze, Trockenheit und Einstrahlung längst von den Hängen geschält. Die Wissenschaft hat über die Jahrhunderte penibel beschrieben, wie zunächst die feuchtkühlen Buchenwälder von sonnendurchfluteten Eichen- und Föhrenbeständen abgelöst, dann die zähen und hartlaubigen Gebüsche, die dem Wald nachfolgten, von der Sonne niedergebrannt und diese zuletzt durch immer niedrigere, immer kargere, immer widerstandsfähigere Formationen des Bewuchses ersetzt wurden. Bäume und Sträucher sind längst aus dem Landschaftsbild verschwunden, aus den Gedanken und beinahe schon aus dem Wortschatz; ihre letzten natürlichen Vorkommen, hört man, sind wie eine aussterbende Eskimosprache auf winzige Reliktgebiete in der Polarregion beschränkt. Bei uns, in der einst gemäßigten Zone, haben sich nahezu vegetationslose, sandig-steinige Wüsten breitgemacht, Erg und Hammada, wie die Wüstenkunde sie nennt. Nur wo in begünstigten Lagen ein wenig Restfeuchtigkeit kondensiert, überdauern in den Halbwüsten kaum knöchelhohe, unansehnliche Polsterpflanzen und Sukkulenten, von denen sich manche mit silbrigem Haarflaum vor der Strahlung schützen, und graue, gelbe oder rötliche Krustenflechten überziehen das Gestein wie eine vernarbte Haut. Einzelne Arten nur haben es während des rasanten Niedergangs, im vergleichsweise kurzen Zeitraum weniger

Jahrhunderte, aus den alten Trockengebieten des Südens zu uns geschafft – ein versprengtes Häuflein Überlebender, weit entfernt von jenem mannigfaltigen Bewuchs, dessen Bestandsaufnahme einst Generationen von Vegetationskundlerinnen und Geobotanikern beschäftigte. Im Showdown der Geschichte hat auch die Pflanzenwelt jede Selbstähnlichkeit eingebüßt, ganz wie der Mensch, das seltsamste und fast schon kümmerlichste aller Gewächse.

Ich lasse von der Tastatur ab, strecke mich im Sessel und lasse meine Handgelenke knacken. *Vor meinem Fenster liegt Mitteleuropa, die gehäutete Echse* … Diesen Satz werde ich nun jedes Mal lesen, wenn ich hochscrolle an den Anfang meiner Aufzeichnungen, und ich weiß, dass ich das immer tun werde, sobald ich nach einer Unterbrechung – bedingt durch eine Mahlzeit, den Stuhlgang, den leidigen, von Albträumen zerrütteten Schlaf oder eine Pause für die schmerzenden Gelenke – meine Arbeit wieder aufnehme. Ich werde zurückgehen an den Anfang, als ließe sich dort die Echse in eine neue Haut kleiden; als könnte ich mich selbst in einem Häutungsvorgang erneuern. Als wären dort, im Anfang, die Möglichkeiten des Schreibens noch nicht begrenzt durch das bereits Geschriebene, so wie ein urtümliches Lebewesen der einfachsten Art noch jede denkbare Entwicklungsrichtung einschlagen kann, weil noch nicht das fertig Ausgeformte ihm die meisten Wege verwehrt. Kaum eine vollendete Eigenschaft zu haben außer jene der Lebendigkeit selbst – das wäre befreiend. Geschrieben zu haben, bedeutet ja nicht nur, auf den Werdegang des Textes zurückzublicken, sich an seine fremde Gestalt zu gewöhnen, sondern vor allem, Ungeschriebenes unwiederbringlich versäumt zu haben. Ich werde lesen, da und dort berichtigend eingreifen, der Gestalt die eine oder andere Haltungskorrektur verordnen, immer wieder ein Wort durch ein anderes ersetzen, aber nie durch das eine, nach dem ich schon so lange vergeblich gesucht habe. Ich werde weiterhin danach suchen, so wie ich auch jetzt danach suche; in diesem Moment wie in jedem anderen durchkämmt ein Suchtrupp die Welt in meinem Kopf, stochert mit Stangen im Gestrüpp, wie man einst, als es noch Gestrüpp gab, nach vermissten Toten suchte, lauscht nach Tonsignalen aus verschütteten Tiefen, nach Klopfzeichen, die vielleicht nach oben dringen, bloß um festzustellen, dass dort, an der Oberfläche, keine Rettung ist, blickt mit Ferngläsern gegen die Mondscheibe, um ziehende Vögel zu sehen, falls es sie noch gibt. Ach was, retten, entwickeln, erneuern, befreien … was sind das bloß für Traumvokabel, was für ein hohles Pathos, sage ich mir, lehne mich ermattet zurück, rufe mir in Erinnerung, dass es bloß Arbeit ist, nur ein Auftrag, den es für eine Behörde zu erledigen gilt, um noch eine Weile weiterzuleben, nicht mehr als das und nicht weniger. Also schreibe ich weiter, jeden Satz mehrmals wiederlesend, Wort für Wort prüfend, mein eigener Lektor. Die Behörde soll nichts auszusetzen, wenigstens keine offensichtlichen Mängel zu beanstanden haben, sie soll feststellen, dass ich mit den Mitteln, die mir zu Gebote stehen, gewissenhaft gearbeitet habe, sie soll, ehe sie mich vernichtet, wenigstens einen anerkennenden Satz über mich sagen, einen Milderungsgrund nennen, der dem Urteil für die kurze Dauer eines Zögerns, eines möglichen Einwands entgegensteht.

Die Veränderung des Klimas und der Landschaft hat sich seit einigen Jahrhunderten angebahnt und ist zuletzt in einer Geschwindigkeit verlaufen, mit der das Leben nicht Schritt halten kann. Es wird vor unseren Augen in einer Weise vom Planeten gefegt, neben der die bisherigen Aussterbewellen der Erdgeschichte zu harmlosen Randnotizen verblassen.

Man starrt jetzt stundenlang auf die Ebene hinaus, ohne ein einziges Tier zu sehen. Einmal nur, kurz vor Leas Tod, flog ein Wüstenrabe vor meinem Bullauge vorbei, auf torkelnder Flugbahn ankämpfend gegen den böigen Wind, seiner Herkunft nach ein Afrikaner wie die meisten der zu uns geflüchteten Tiere und Pflanzen, eine fast schon unglaubliche Ausnahmeerscheinung, wie mir Luis versichert hat, der es wissen muss, ist er doch als Agrartechniker täglich in seinem Schutzanzug dort draußen unterwegs. Ansonsten sind es nur Sandschlieren und Staubwolken, die über die Landschaft hinwegtanzen. Der Wind, der heute wie an den meisten Tagen in Sturmstärke weht, trägt den entblößten, seiner schützenden Pflanzendecke beraubten Boden ab, bis das Grundgestein zutage tritt. Man kann nicht erkennen, wo das Hitzeflirren endet und die Schwaden des Flugsandes beginnen, die überall in der Luft treiben; beides verbindet sich vor dem Auge zu einem gleißenden Schleier, hinter dem der ferne Alpenkamm sich schemenhaft auflöst. Die Echse macht sich dem Auge rar. Gesehen oder ungesehen, drehen sich auf ihrem Rücken unablässig die riesigen Rotoren der Windräder. Diesen ständigen Starkwind, dieses unerschöpfliche Sonnenlicht hätte man sich damals wohl gewünscht, als man am Beginn des dritten Jahrtausends noch an eine Klimawende glaubte, gegen allerlei kleinliche Widerstände die Errichtung von Windparks und Solarfeldern zäh vorantrieb und dabei mit Flauten und einer schwächelnden Wintersonne zu hadern hatte. Mittlerweile denkt niemand mehr, das Inferno damit aufhalten zu können. Der elektrische Strom, den Wind und Sonne uns in schier unerschöpflichen Mengen liefern, speist vor allem die Kühlsysteme, die uns vorläufig am Leben halten – eine Spirale aus Produktion und Verbrauch, die irgendwann unvermeidlich in sich zusammenbrechen muss.

Auch auf der Sonne, so hat es in der Früh der meteorologische Datenspiegel gemeldet, stürmt es heute vermehrt, Sonnenwinde strömen in den Weltraum und setzen dem Erdmagnetfeld zu, dass die Kompassnadeln zittern. Am Rand der Sonnenscheibe hat sich, von einer Raumsonde genauestens dokumentiert, zuletzt eine Säule aus heißem Plasma gebildet, die mehr als sieben Erddurchmesser weit ins All ragt. Während Hitze und Strahlung draußen wie unsichtbare Geschoße gegen die dicke, selbsttönende Mehrfachverglasung meines Fensters prallen, sitze ich hier bei erträglicher Raumtemperatur in meiner Wohnzelle wie eine Wespenlarve in ihrer papierenen Wabe und habe mit viel Elan zu schreiben begonnen, in bester Absicht ausgehend vom Unstrittigen und Offensichtlichen, das kaum meiner persönlichen Lesart unterworfen ist. Bald werde ich diesen sicheren Boden verlassen müssen, bewehrt zwar mit dem Stachel meiner Sprache, doch im Grunde schutzlos, wie ich wohl weiß.

Stickig ist es hier, seit Tagen riecht es nach verschmortem Kunststoff; Gerüchte gehen um, die Innenklimatisierung des Humanareals gerate allmählich an ihre Leistungsgrenzen. Armdicke Kabelstränge würden in ihren Schächten heißlaufen und glühen, hat jemand auf Public Rumour gepostet, die Ummantelung mancher kritischen Leitungsabschnitte koche und rauche bereits. Von öffentlicher Seite werden solche Behauptungen ebenso wenig bestätigt wie dementiert. Immer wieder läuft hier allerdings Personal ein und aus, möglicherweise stehen Arbeiten an der Klimaanlage bevor, oder die Aktivitäten werden nur vorgeschützt und man überwacht mich, versucht mich gezielt zu stören. Vielleicht sollen meine Entschlossenheit, meine Beharrlichkeit, mein Wert als menschliche Ressource auf die Probe gestellt werden, und die mutwillige Geruchsfreisetzung liefert den Vorwand dafür, den standardisierten Testfall; oder es ist eben doch umgekehrt und man will fürsorglich prüfen, welches Ausmaß die Geruchsbelästigung und die Belastung der Atemwege in den Wohnzellen bereits erreicht haben. Ich kenne die Aufträge der anderen so wenig wie sie den meinen. Doch jeder und jede von uns steht hier ständig unter Leistungskontrolle oder soll es zumindest glauben oder glaubt es von sich aus, auch wenn es vielleicht nicht der Fall ist. Es ist eine paranoide Welt; man zweifelt an seinem Verstand und weiß nicht, wer einen ans Messer liefert, wer wem worüber Bericht erstattet, was inhaltliche Anforderung ist, was Kontrollinstrument und was Ausgeburt der eigenen Neurosen, die sich, erklärbar möglicherweise als spätes Echo einstiger katholisch-abendländischer Moralzwänge, unter den unmenschlichen Lebensbedingungen des dennoch sogenannten Humanareals in den Winkeln des Bewusstseins zusammengeballt haben. Man wird verrückt oder ist es schon – nichts ist schwerer zu erkennen als der eigene Wahnsinn. Ich versuche, mich unbeirrt zu geben, bleibe auf meine Aufgabe konzentriert und lasse sie allmählich Gestalt annehmen, um sie irgendwann vielleicht zu lösen oder aber, was wahrscheinlicher ist, geradewegs an ihr zu scheitern.

2 das Bild

Ein Anfang ist gemacht, ein Ausgangspunkt mitsamt ersten Richtungspfeilen skizziert. Ich gebe mir Zeit, nehme mir Zeit, verspüre wider alle Vernunft etwas wie Zuversicht, den unausrottbaren Hoffnungsrest eines »dum spiro spero« – eine seltene, wie auf einen späten Sinn gerichtete Gemütsverfassung, die meinen Rücken stärkt, meine Wirbelsäule streckt. Ich stehe auf, gehe die wenigen Schritte zum Bullauge, nehme wie so oft Leas Bild vom Sims, halte den glatten, blassblauen Rahmen in beiden Händen. Er fühlt sich angenehm kühl an. Meine Hände reagieren mit einem Reflex des Festhaltens, mein Gehirn mit einer Erinnerung des Entgleitens. Dieser Widerspruch erzeugt ein leises, körperlich spürbares Ziehen und Zerren in mir, das unaufgelöst bleibt und das ich als Antriebskraft meiner Gedanken zu nutzen bemüht bin. Ich schaue hinaus auf die leicht gewellte Ebene, hinter der die Echse schemenhaft aufragt; mein Denken folgt den sanften Hügeln und Senken. Ich kehre an meinen Schreibtisch zurück, stelle das Bild dort ab, gleich neben dem kristallinen Kalzit, dem glasklaren Stück Doppelspat, das ich mitunter über die Schrift meines Bildschirms halte, um dank der Lichtbrechung des Kristalls jedes Wort verdoppelt zu sehen wie ein Betrunkener – oder wie jemand, der das Wesen der Sprache erkannt hat. Auch kindischen Einfällen folge ich manchmal gerne, betrachte meine Zehen oder mein entblößtes Geschlecht durch den Doppelspat und gebe, nachdem ich mich meines Daseins als zwanzigzehiger doppelschwänziger Bewohner versichert habe, meiner Wohnzelle ein zweites Fenster. Heute genügt es mir, den seltsamen Stein neben dem Bild liegen zu sehen und um die Möglichkeiten zu wissen, die in ihm ruhen.

Kaum nähern sich meine Finger der Tastatur, beginnen sie ihre eigenständige Routine des Schreibens, sie scheinen, zumindest solange ich dem Vorgang nicht zu viel Aufmerksamkeit schenke, über unsichtbare Nervenbahnen mit den Tasten verbunden zu sein. Ich ermahne mich, nur an die Inhalte zu denken, sie gedanklich auszuformen, und mich nicht in hemmender Selbstbeobachtung zu verlieren. Nur am Rande nehme ich wahr, wie der Text schrittweise anwächst, was anfangs noch eine rasche Verdoppelung, Verdreifachung, später nur noch kleine Erstreckungen eines bereits lange gewordenen Weges bedeutet. Wenn du, erlaube ich mir einen Ausflug in die Komfortzone der trivialen Lebensweisheiten, hundert Meilen zurückzulegen hast, musst du neunzig als die Hälfte betrachten. Aber auch: Eine Reise von tausend Meilen beginnt mit dem ersten Schritt. Und ebenso: Wer das erste Knopfloch verfehlt, kommt mit dem Zuknöpfen nicht zurande. Ja, denke ich, und wer den ersten Satz verfehlt, kommt mit dem Text nicht zurande. Ich nicke und greife, da mir nichts Besseres einfällt, mein anfängliches Thema nochmals auf. Mag sein, ich werde die Bausteine später neu zusammenfügen müssen.

Die Landschaft, wie sie sich dem Auge zeigt, ist die aufgeschlagene Seite im Buch der Erdgeschichte. Das einstige Landschaftsbild, das die Chroniken zeichnen, das Kulturland mit seinen Mais- und Getreidefeldern, seinen Obst- und Weingärten, Blühstreifen, Wäldchen und gehölzgesäumten Bachläufen, ist längst überblättert, seit die ausufernde Sonne ein trockenheißes Klima mit konstant hohen Tagestemperaturen um die fünfzig Grad befeuert. Der Zyklus der Jahreszeiten ist weitgehend zusammengebrochen, die Hitze lässt auch im Winterhalbjahr nur noch wenig nach. In der staubigen Weite verfallen unbewohnte Dörfer, niemand will sich an ihre Namen erinnern. Zwei von ihnen kann ich deutlich ausmachen, ein weiteres in der flirrenden Ferne erahnen, wie es sich an die Flanke des Reptils lehnt. In alten Landkarten eingetragene Flurnamen wie Haslau, Grünanger oder Eichkögl haben, abgesehen von ihren Lagekoordinaten in einem abstrakt über die Erdoberfläche gespannten Gitternetz, jeden Wirklichkeitsbezug verloren, weil es heute weder Haseln, Eichen noch sonstiges Grün außerhalb der Agrarhallen gibt. Das spärliche, weißfilzige Graugrün hier und da in der Wüste zählt nicht, da es schon auf wenige Schritte Entfernung unsichtbar wird, aufgelöst im Grau des Sandes und der Steine.

Während dort draußen alles mitsamt seinen sinnlos gewordenen Namen verblasst und versandet, vegetieren wir in der Enge des Humanareals dahin. Auch unsere eigenen Namen ergeben nur noch wenig Sinn. Familie Brunner, denke ich zum Beispiel, hatte wohl einst einen Brunnen bei ihrem Haus – doch beides, Brunnen und Haus, sind bloß noch Erinnerung. Herr Müller nannte eine klappernde Mühle am Bach sein Eigen und ist heute bestenfalls der Mühlenwart riesiger Windräder. Hier im Areal sind wir nur ein paar Zehntausend; gemessen an den einstigen Einwohnerzahlen der Region erscheint das wenig, ist aber doch zu viel, um ein menschenwürdiges Leben zu führen. Dies ist, so witzelt man auf Public Rumour, der noch verbliebene Vorteil unseres in Jahrmillionen erworbenen aufrechten Gangs: dass wir senkrecht eingeschlichtet werden können in beengte Räume. Über Nacht braucht dann alles nur um neunzig Grad geschwenkt zu werden, damit jeder und jede bequem zu liegen kommt.

Die Straßen, die das Humanareal durch doppelte Thermoschleusen verlassen, laufen sternförmig nicht etwa zu den Dörfern, sondern zu den Agrarhallen hinaus. Die riesigen, halbtransparenten Gewächshäuser sprenkeln wie Flecken grünen Scharlachs die Landschaft, Symptom des Fiebers, von dem der Planet befallen ist – dabei sind sie noch die gesündesten Orte, an denen es, wenn auch nur unter hohem technischen Aufwand, immerhin wächst und gedeiht. Krumme, niedrigwüchsige Obstbäumchen und dichte Reihen von Gemüsepflanzen bringen hier streng rationierte Genussmittel hervor, die unsere synthetische, künstlich aromatisierte Grundnahrung ergänzen. Sogar kleine Singvögel, vor allem einige Grasmückenarten, die einst in den Wadis und Oasen Nordafrikas vorkamen, werden unter dem Folienhimmel durch Schutzprogramme am Leben erhalten und dezimieren die Pflanzenschädlinge, die Trauermücken, Schildläuse, Spinnmilben und Thripse, deren Vermehrung unter den feuchtwarmen Bedingungen, die in den Agrarhallen herrschen, nie ganz auszuschließen, sondern nur einzudämmen ist. Ihr einstiges Zugverhalten haben diese Vögel längst abgelegt, sie verbleiben ganzjährig in den Agrarhallen, die für sie die einzigen Überlebensorte sind; zur Vermeidung von Inzucht werden die Kleinpopulationen von Zeit zu Zeit nach einem bestimmten System durchgemischt, indem manche Vögel gefangen und in einer anderen Halle wieder freigesetzt werden. Die Kunst des laufenden Betriebs, hat Luis mir erklärt, bestehe darin, gerade genügend Pestizide einzusetzen, um eine Massenvermehrung der Schädlinge zu unterbinden, und gleichzeitig so wenig, dass die Vögel keinen Schaden nehmen. Ein Fehler, und das labile System breche zusammen. Mehr als einmal schon habe er dutzende Vogelkadaver aus einer Halle schaffen müssen, nachdem man eine aufkommende Schädlingskalamität mit zu reichlichem Gifteinsatz bekämpft habe.

Die Farbe Grün ist, indem sie die spärlichen Reste pflanzlichen Lebens koloriert, zum Symbol der Vergangenheit, der Vergänglichkeit, aber auch des unbeugsamen Überdauerns, des Aufbegehrens und der Wiederkehr geworden. In den klimatisierten Agrarhallen, vor allem in neu angelegten Hallen nach der ersten sparsamen Durchfeuchtung des Bodens, kommen mitunter Pflanzen auf, deren Samen lange in der Erde geruht haben. Sie gelten hier freilich als Unkräuter, als Wasserräuber, und werden, je nach dem Ausmaß ihres Auftretens, entweder chemisch bekämpft oder einfach in den Boden zurückgepflügt. Zuvor aber machen die Botaniker ihre Arbeit, gehen langsam, gesenkten Hauptes über die Flächen und bücken sich hier und da, um die Nachzügler einstigen Lebens zu untersuchen und Proben zu nehmen, die in unserer Zukunft, falls es eine solche gibt, noch von Nutzen sein könnten; denn Ackerwildkräuter, heißt es, sind in Wahrheit keine Unkräuter, sondern genetische Ressourcen und Überlebenspools, die keine abwertende Vorsilbe verdient haben. Grün ist der Werkstoff der Genetikerinnen, wenn sie durch die Übertragung von Erbmaterial aus den zählebigsten Wildformen immer genügsamere Kulturpflanzen entwickeln, die in den Agrarhallen unter geringstem Wasserverbrauch möglichst rasch zur Erntereife gelangen. Was einst die Evolution war, ist heute die Bastelstube der Gentechnik.

Wasser, das liegt bei kaum noch vierzig Millimetern Jahresniederschlag auf der Hand, ist dennoch der Schlüsselfaktor der neuen Landwirtschaft, es muss aufwändig gewonnen und sparsam zugeteilt werden. Da die Wasserfänger, die den spärlichen atmosphärischen Wasserdampf an Kühlelementen kondensieren lassen, den Bedarf nicht decken können, hat man neben jeder Agrarhalle einen Prozesskubus aus massivem Stahlbeton errichtet. Darin oxidiert Wasserstoff, der aus toter

Biomasse gewonnen wurde, in einer vorsichtig dosierten Reaktion zu Wasser. Wir alle enden so als Wasser und organischer Dünger. Daran denke ich manchmal, wenn ich einen kostbaren Schluck nehme. Dem Energieeinsatz zur Herstellung des Wasserstoffs und zur Kühlung der Wasserfänger wird heute ebenso wie der bei der Wassersynthese anfallenden Reaktionsenergie nur wenig Beachtung geschenkt, denn Wind- und Sonnenkraft stehen uns praktisch unbegrenzt und ganzjährig zur Verfügung. So haben die Dinge sich umgekehrt: Das einst so bedeutende Prinzip der Brennstoffzellen interessiert heute niemanden mehr, am Wasser selbst aber, ehemals ein unwichtiges Nebenprodukt der Energieumwandlung, mangelt es uns bitterlich; auf seine Gewinnung zielt all der technische Aufwand ab. Einmal hörte ich aus der Ferne einen dumpfen Knall, als durch einen Defekt im System eine kleine Menge des Gasgemisches unkontrolliert zur Reaktion gelangte.

Ich nehme Leas Bild zur Hand, wie ich es oft in Schreibpausen mache, und stelle es wieder auf das Fenstersims zurück, ohne es betrachtet zu haben. Ich kenne jedes Detail auswendig, die weißblonden Haare, die strahlend blauen Augen (die ich einmal huskyblau nannte), die Lachfältchen, die in Richtung Schläfe ziehen, den schmalen Spalt zwischen den oberen Schneidezähnen. Gewiss sind viele Frauen so beschrieben worden, und doch war Lea einzigartig. Ich brauche das Bild nicht anzuschauen, um sie zu sehen. Lea lächelt mir aus dem Rahmen meiner Erinnerungen zu. Ich lächle zurück.

3 der Kopfhörer (1)

Das Schreiben und das Erinnern, beides strengt mich an, eine Auflehnung kommt in mir auf, fast eine Empörung: Nein, ich will diese Arbeit nicht machen, die auf Hoffnung abzielt und doch, vorerst zumindest, erbarmungslos auf die Verschriftlichung des Niedergangs hinausläuft. Bin ich denn ein Totengräber, der nicht nur seinen Lebensmenschen, sondern die ganze Welt zu Grabe tragen muss? Ich setze den Kopfhörer auf, hole mir Musik herein, wende mich von der Schreibtastatur ab, ziehe mich in den Klangraum zurück, der mühelos die Jahrhunderte überspannt und mich die zeitgebundenen Bilder der Welt rasch vergessen lässt. Ich höre den erwartungsvoll vibrierenden Dreiklang zu Beginn der Ciaconna aus Johann Sebastian Bachs zweiter Partita für Solovioline, diesen ein wenig gebrochenen Akkord, weil der Bogen nicht drei Saiten gleichzeitig streichen kann, die sonore Feierlichkeit des d-Moll mit der leeren A-Saite in der Quinte, die für einige Momente frei nachschwingt, ehe der Anfangsakkord auf komplexere Harmonien, gewagtere Brechungen, schließlich Zerlegungen in flüssigem, raschem, rasendem Arpeggio zustrebt. Der Stolz, die Ermächtigung des Geigers ist zu spüren, der nach jahrelangem hingebungsvollem Studium die technischen Anforderungen gemeistert und im Einvernehmen mit seiner Guarneri-Violine endlich den auskomponierten Raum mit dem lange schon erahnten Inhalt beseelt hat, gleichzeitig aber auch der Respekt, nein, die Demut, mit der er sich in diesen hochgewölbten, himmelwärts strebenden Raum begibt. Im Anwachsen und Aufblühen der Klänge zeigt sich eine bestimmte, bestimmende Geste der Überschreitung, des Hinauswachsens (über sich selbst, über das Irdische, über das bloß Tänzerische der vorangegangenen Sätze jener Partita), das von eben dieser Demut getragen und überhaupt erst ermöglicht wird. Ich lese auf dem Bildschirm die Noten mit, die ausdrucksstarke Handschrift des alten Meisters in Faksimile, um der Übereinstimmung des Notenbildes mit den so notierten Klängen nachzuspüren – und damit auch dem unmerklichen Haarriss, der sich immer zwischen dem nüchternen Regelkanon tonsetzerischen Handwerks und der musikalischen Idee, dem musikalischen Ideal auftut. Das war ein Jahrhundert, denke ich mir, in dem so vieles noch nicht geschehen und noch nicht einmal angelegt war, dennoch wusste Johann Sebastian ganz genau, was er tat, zu welchem Zweck er seine tönenden (gewiss nicht tönernen) Architekturen errichtete, die als unumstößliches Kapitel in die Musikgeschichte eingehen sollten. Ich lasse mich mittragen, wegtragen von der geballten Kraft, fühle mich plötzlich wie ausgelöst, gleichsam als Fossil herausgeschlagen aus dem steinernen Bett der Zukunft, in der ich mich gegenüber jener Musik befinde; ein Vorgang also, der unverhofft nach einer langen Generalpause eine uralte Gestalt ans Licht bringt. So spannt die Musik ihre Zeit auf, ihre Idee von Ewigkeit. Als das Stück zu Ende ist, nehme ich den Kopfhörer wieder ab, horche noch ein wenig nach, wo nichts mehr ist, nur das neuronale Echo in meinem Innenohr, das geringe Nachvibrieren unausgeformter Ahnungen.

4 die Fährte

Wie die Musik verklingt, hinterlassen auch wir kein Abbild, das sich einrahmen lässt. Leas Bild zeigt ein Stück menschlicher Oberfläche, einen aus dem Kontinuum der Zeit gebrochenen Splitter, einen Ausdruck von vielen, die ihre Erscheinung ausmachten. Aber was bedeutet das schon? Das Leben, und mit ihm das Lebewesen, ist anekdotischer Natur, und der Tod, flüchtig hingeworfen und endgültig, ist es auch. Beides ließe sich als Comic oder Graphic Novel zeichnen, in tausend schwarzweißen oder kolorierten Bildern, mit Sprech- und Denkblasen über tausend Gesichtern. Eine leere Gedankenblase über einer abwesenden Person – so sehe ich mich, wenn die Trauer mich auslöscht, mich eintauscht gegen ihre dunkle Schraffur. Die Anekdote aber blitzt unverhofft auf, die sich zum Besten geben oder, wie ihre Wortherkunft es besagt, unveröffentlicht unter Verschluss halten lässt. Anekdoton, das nicht Herausgegebene. Luis hat mir unlängst ein ganz persönliches Exemplar zugeeignet, eine Geschichte, die er, wie er erwähnte, noch niemandem zuvor erzählt hatte. Schreibend stelle ich mir vor, ich würde Lea die Anekdote weiterzählen.

»Als angehender Agrartechniker Anfang zwanzig erledigte ich meine ersten Außenarbeiten, einfache Reparaturen an der Verschalung einer Agrarhalle, und war wie berauscht vom unmittelbaren Eindruck der offenen Landschaft, die ich bis dahin, während meiner gesamten Kindheit und Jugend, nur wie entrückt durch die Fenster des Humanareals hatte sehen können. Schwitzend und keuchend in meinem schweren Schutzanzug folgte ich einmal eine Stunde lang der Fährte eines Fenneks, der einer der Letzten seiner Art im Alpenraum gewesen sein muss. Vor kaum zweihundert Jahren waren die großohrigen Wüstenfüchse zu uns nach Mitteleuropa eingewandert, ähnlich wie zuvor der Goldschakal in den Anfangszeiten der Klimaerwärmung; jetzt im fünfundzwanzigsten Jahrhundert ist die Zeit beider Arten bei uns schon wieder vorüber. Die Fährte, die ich im Sand, mit kurzen Unterbrechungen auf steinigem Grund, über mehrere Kilometer gut hatte verfolgen können, endete plötzlich, als habe der Fennek sich hier in die Lüfte erhoben wie der geflügelte japanische Hund Hainu. Wenn ich mich umdrehte und zurückschaute, sah ich meine eigene Fährte und die des Fenneks im Sand nebeneinander herlaufen, als habe er mich begleitet oder ich ihn. Als hätten wir einander begleitet. Da meinte ich zu begreifen, was Zeit wirklich bedeutet und wie sich mit ihr alles verändert, sich in Luft auflöst und ein für alle Mal verloren geht, was für ein seltenes Geschenk Gleichzeitigkeit ist, und wie die Geschichte, die persönliche Biografie wie die gemeinsame Historie, als Konvolut vieler kleiner Geschichten heranwächst, als Sammelband beiläufiger Anekdoten, wie der Schakal und ich soeben eine in den Sand geschrieben hatten.«

5 der Blitz

Wir werden gewartet und reguliert. Man schickt Bakterien durch unsere Adern, die das dort angereicherte Mikroplastik verdauen, ehe sie ihrerseits von unserem fitgespritzen Immunsystem abgebaut werden. Man lässt unsere genetische Information durch Algorithmen laufen, die uns schon in der Jugend mit hoher Treffsicherheit unsere Altersleiden voraussagen; so haben wir dann ein Leben lang Zeit für Vorbeugemaßnahmen, gentechnische Korrekturen oder den gemeinnützigen Suizid, um der Allgemeinheit nicht zur Last zu fallen. Vor allem aber formt man uns zum geistigen Hochleistungshybrid, zum Homo superior zweipunktnull. Der Blitz schlägt ein, die Artschwelle wird durchbrochen, wir lassen den altgedienten Homo sapiens hinter uns. Seitens der Überlebensbehörde wird am Leitbild des Novozäns als Zeitalter einer technoiden Superintelligenz festgehalten, als könne nur dies, und nicht etwa der sang- und klanglose Untergang, die nächste Station unseres Werdegangs sein. An der Verwirklichung dieses Bildes arbeiten Dutzende von Forschungs- und Technikteams fieberhaft und unter Einsatz bedeutender Mittel. Ich hingegen bin gespalten, empfinde zwar dankbare Bewunderung für die Errungenschaften, welche die Hybridisierung von Mensch und Technik mit sich gebracht hat, aber auch ein Erschaudern angesichts der tiefgreifenden Überformung, die unser Menschsein de facto beendet oder aber, so die offizielle Diktion, auf eine neue Stufe hebt. Künstliche und natürliche Intelligenz sind ununterscheidbar geworden.

Nie werde ich den Moment vergessen, als ich in der humantechnologischen Ambulanz aus meinem ersten Bildungsupload erwache, dem Blitz, wie der Volksmund dieses lebensverändernde Ereignis nennt. Über mir flackert eine Leuchtröhre an der grellweißen Raumdecke; neben mir sehe ich, wenn ich den Kopf ein wenig anhebe, in einem langen Korridor etwa hundert weitere Rollbetten aufgereiht, die Jugendlichen darauf schlafend wie auch ich eben noch. Ich befinde mich am Anfang oder Ende dieser Reihe, vielleicht hat man mich als Ersten der Behandlung unterzogen, sodass ich jetzt früher als die anderen erwacht bin. Auf der Nachbarliege schläft ein Mädchen, ihr Gesicht ist mir zugewandt, ihre geschlossenen Lider zucken. Eine dunkle Haarsträhne ist in ihr Gesicht gefallen und bewegt sich im Luftzug ihres Atems. Ich betrachte erstaunt die weißen Elektrodenbüschel an ihren Schläfen, der Stirn und dem Scheitel, ehe ich bemerke, dass auch ich auf diese Weise verkabelt bin. Einzelne Kabel führen unter unsere Hemden, offensichtlich überwacht man die Herztätigkeit und andere Vitalfunktionen. Während ich hier liege, fühle ich meinen Puls beschleunigt gehen wie bei körperlicher Anstrengung oder Erregung. Auch das Mädchen atmet rasch. Obwohl sie nach wie vor mit geschlossenen Augen schläft, scheinen mir ihre Gesichtszüge eine gesteigerte Wachheit auszudrücken, ein aufflammendes Weltwissen, eine Hellsichtigkeit hinter den flatternden Lidern. Ich sehe meinen eigenen Zustand in ihrem Gesicht abgebildet, denn es geht mir wie ihr. Und es geht ihr wie mir, sie weiß es nur noch nicht. Sie schläft den Schlaf der Erkenntnis, vom Blitz getroffen wie ich.

Was ich hier großspurig Erkenntnis nenne, ist im Grunde nichts Ungewöhnliches, bloß das neue Erscheinungsbild des Gewöhnlichen. Eine Erfahrung intensiver Gegenwärtigkeit leuchtet mein Bewusstsein aus, vergleichbar der ersten ekstatischen Selbstwahrnehmung des jugendlichen Körpers, die alles in ein verändertes Licht taucht. Die Welt um mich hat eine luzide Tiefe gewonnen, ein Glimmen und Glosen aus ihrem Innersten; sie erscheint mir zugleich größer und überschaubarer, erstaunlicher und verständlicher als bisher. Selbst das Flackern der Deckenleuchte ist mit Bedeutung aufgeladen und fällt als klar definierte, algorithmisch fassbare Serie greller Lichtblitze in mein Auge, von denen keiner zufällig, keiner ohne Ursache und Folge ist.

In diesem Moment, ich erinnere mich daran in größter Klarheit, werde ich zum ersten Mal gewahr, dass sich in meinem Kopf eine Informationsfülle befindet, die mir neu und zugleich vertraut ist. Mit jedem weiteren Gedanken nehme ich Besitz von ihr. Wie berauscht schaue ich in mich, betrachte die Welt dort drinnen mit den Augen dessen, der weiß, was es zu wissen gibt, und der weiß, dass er es weiß. Eine plötzlich gewonnene Einsicht in die Zeitlichkeit der Welt lässt mich jeden Schritt der Erdgeschichte, jede Stufe der biologischen Evolution, jede historische Epoche bis herauf in die Gegenwart als Teil meines eigenen Werdegangs verstehen. Vom einzelligen Pantoffeltierchen zum biotechnologisch aufgerüsteten Cyborg – was für ein Werdegang, sage ich zu mir und denke mir den Cyborg als seiner Herkunft bewusstes, humorbegabtes Wesen: in Pantoffeln. Ich lache laut auf. Wir alle werden mit dem Blitz zu hybriden Mischwesen aus Mensch und Technik gemacht, auch wenn wir uns nicht so fühlen. Denn das Gefühl in uns ist immer noch die Domäne des Menschen, des Homo sapiens oder auch Homo inferior, wie er heute gerne abschätzig genannt wird.

Ich habe die durchaus komplexe Struktur meines Informationsspeichers rasch erkannt, ohne Schwierigkeiten surfe ich durch digitale Innenwelten. Jeder Wissensbereich, entdecke ich, lässt sich nach Belieben vertiefen, als verzweigte Abfolge digitaler Ordner und Unterordner schrittweise auffalten. Die Informationseinheiten stehen in vielfältigen Querverbindungen, sind gleichsam durch Brücken und Stege miteinander verbunden, über die sich flanieren lässt wie durch die Gänge einer lichtdurchfluteten Shopping Mall. Mein Denken ist wie ein Supermarkt verheißungsvoller virtueller Angebote – nur dass diese Virtualität gleichzeitig real ist: mein eigenes Wissen, das mir und den anderen, die nun neben mir allmählich erwachen, niemand mehr nehmen wird. Ich staune und werde lange Zeit einfach nur glücklich sein über den gewonnenen Wissensschatz. Erst viel später, im Zuge meiner beruflichen Beschäftigung mit anthropozänen Gedankenwelten in ihrer seltsamen Fragilität und Unvollständigkeit, wird mich ein Verdacht beschleichen: ob nicht gerade auch unser digital aufbereitetes Wissen, das zunächst so allumfassend und robust erschien, nur ein vorausgewähltes, verzerrtes, ja gezielt manipuliertes Abbild der Wirklichkeit ist. Auf manches, das werde ich bald herausfinden, enthält mein Wissensspeicher keine Antwort, schon gar nicht auf kritische Fragen über das System, die seinerzeitige Machtübernahme der Behörde und ihre heutigen Lenkungsmaßnahmen in unserer fragilen Endzeitgesellschaft. In diesen Bereichen beginnt das Wissen zu flirren wie ein historischer Röhrenfernseher. So werde ich, zurückgeworfen auf die alten Schleichwege fehlbaren Denkens, manchmal um meinen Speicher herumstreunen wie ein erfolgloser Dieb.

Ein Junge am anderen Ende des Korridors ruft nach Wasser. Auch dort erwacht man also bereits. Von der Liege nebenan höre ich ein leises Seufzen. Ich wende mich hin und sehe dem Mädchen beim Aufwachen zu. Ihre Augen öffnen sich schlagartig, die Pupillen pulsieren einige Male, weiten und verengen sich in rascher Folge; etwas strahlt aus ihrem hellen Schwarz hervor, und ich weiß, es ist dasselbe Licht, das auch mich im Moment des Erwachens ausgeleuchtet hat. Ich lächle und bin froh, meine Erfahrungen in einem anderen Gesicht gespiegelt zu sehen. Aus irgendeinem Grund sehe ich darin einen unschätzbaren Vorteil für mein weiteres Leben. Sie lächelt für einen Moment zurück, ehe auch sie, so wie ich es zuvor getan habe, ihren Blick einwärts wendet und in ihrer Innenwelt verschwindet. In ihren Zügen erscheint der Ausdruck eines Staunens, das meinem eigenen Staunen gleicht. Ein Pfleger geht an uns vorbei, einen Wasserkrug in der Hand. Er lächelt mir zu und nickt.

Ich beginne, meine neue Situation zu reflektieren, gezielt die Metadaten abzurufen, die in einem eigenen File gespeichert sind, und mich über mein neues Denken zu informieren: Nach einigen Jahrhunderten des mühsamen, von Skrupeln und Fehlschlägen begleiteten Herantastens ist aus der Human Computer Interaction eine echte synergetische, symbiontische Wechselwirkung geworden. Algorithmen und Regelkreise lenken das biotechnologisch aufgerüstete Gehirn in ähnlicher Weise, wie sie die künstlichen Intelligenzen und die bewusstseinsähnlichen Hochleistungsprozessoren der Großcomputer bestimmen. Mit dem Wissensupload geht auch die Ausschüttung verschiedener synthetischer Botenstoffe einher; der Metadatenfile enthält die Liste ihrer Namen. Stressreaktionen werden gezielt gedämpft, Opioide und Dopamin stärken die Glücksfähigkeit unter der Last der hochgeladenen Datenmengen. Das ist notwendig, denn jeder Upload, und gerade der erste in der Jugend, stellt in gewisser Weise auch eine Belastung dar. Allzu sehr schnellte in der Anfangszeit des Wissenstransfers die Depressionsneigung und Selbstmordrate unter den Jugendlichen in die Höhe, ehe man mit der begleitenden Psychostimulation begann. Daten und Chemie, Chemie und Daten sind, wie es in unserem Gehirn schon immer war, erneut eine untrennbare Verbindung eingegangen.

Obwohl die Raumtemperatur im Humanareal stets an der Obergrenze des Angenehmen liegt, fröstelt mich nun ein wenig. Ich ziehe das weiße Laken, mit dem man mich zugedeckt hat, enger um mich. Die körpereigenen Regelkreise, fällt mir ein, müssen sich nach den vollzogenen Veränderungen erst auf dem richtigen Niveau einpendeln. Das kann, neben anderen Symptomen wie Herzrasen und beschleunigter Atmung, auch zu verändertem Temperaturempfinden führen. Derartiges gilt als normal und ist nicht weiter beunruhigend. Vermutlich hat gar nicht so sehr der plötzliche Wissenszuwachs, sondern der in die Höhe schnellende Spiegel der Botenstoffe meine glücksdurchflutete Selbstwahrnehmung in jenen Momenten des Erwachens hervorgerufen. Vielleicht will man uns glauben machen, es sei allein das gewaltige Wissensgeschenk, das uns in diese gehobene Stimmung versetzt. Doch Wissen allein hat wohl noch niemanden glücklich gemacht.

Während ich immer noch ein wenig zitternd daliege und Gänsehaut meinen Körper überzieht, ist es meiner Nachbarin im Gegenteil allzu warm. Schwer atmend strampelt sie ihr Laken von sich und zieht das Hemd über der Brust weit auseinander. Schweißtropfen glänzen auf ihrer Stirn und rinnen über die Schläfen herab. Eine ihrer Elektroden hat sich gelöst und fällt samt dem Kabel zu Boden. Der Kopf des Mädchens beginnt hektisch nach den Seiten zu pendeln, zuerst von mir weg, dann zu mir hin und immer so weiter, sodass mich alle zwei oder drei Sekunden ihr Blick trifft, stumpf und glänzend jetzt wie der eines Karpfens. Ich fahre erschrocken hoch, sehe mich um und drücke auf einen roten Wandschalter über dem Kopfende meiner Liege. Dann wird mir übel, wohl von der jähen Bewegung, alles um mich beginnt sich zu drehen. Als ich wieder zu mir komme, beugt sich ein großgewachsener Mann mit buschigen grauen Augenbrauen über mich, stellt sich als Doktor Szabo vor und sieht mir prüfend ins Gesicht. Mein Alarm sei wichtig gewesen, sagt er, er danke mir dafür; Geistesgegenwart und Courage könne man den jungen Menschen nicht hochladen, die habe man oder eben nicht. Ich solle unbesorgt sein, das Mädchen sei sofort in die Krankenstation gebracht worden. »Und dir«, fragt er und lächelt für einen Moment ein professionelles Lächeln, »geht es dir gut?« Ich habe keine Lust zu erwähnen, dass mir noch immer schwindlig ist, und nicke schwach. Dann drehe ich mich zur Seite und sehe, dass die Liege neben mir leer ist. Szabo spricht etwas in sein Headset und legt seine Hand für einen Moment auf meine Schulter, ehe er sich abwendet und rasch hinausgeht.

6 die Wolke

Nachdenklich ruht mein Blick auf dem eben entstandenen Kapitel. Schon lange, seit vielen Jahren, habe ich nicht mehr an diese Episode meiner Jugend gedacht, aber jenem Doktor Szabo meine ich erst unlängst begegnet zu sein, erinnere mich aber nicht mehr, wo und unter welchen Umständen. Später, denke ich mir, an späterer Stelle wird sich manches aufklären. Man weiß nie, welche Wende eine Geschichte nimmt. Das Anekdotische allein erklärt noch nicht alles. Es gibt den Roten Faden, der schnurgerade verlaufen, ungeordnet durchhängen, sich verknoten oder reißen kann. Ich betrachte mein Bild im Selfie-Modus, als könnte ich von ihm mehr erfahren. Ich verkleinere es und sehe mich von Sätzen umrankt, durchdrungen, mit ihnen verwoben. Ich sehe die Sätze deutlicher als mich selbst. Das ist immerhin ein Fortschritt, denke ich.

Mittlerweile bin ich ein Mann in den mittleren Jahren, zumindest wenn man die verkürzte Lebenserwartung in Betracht zieht, die hier im Humanareal zum Normalfall geworden ist. In meinem Alter hat man die Fülle des hochgeladenen, immer wieder aktualisierten Wissens längst als selbstverständlich hingenommen, man macht davon Gebrauch wie einst von den rasch veralteten Inhalten eines vierundzwanzigbändigen Universallexikons und später von den lawinenartig anwachsenden, oft wenig vertrauenswürdigen Informationsangeboten des Internets. Auf jene Daten, die man uns hochlädt, scheint im Großen und Ganzen Verlass zu sein. Sie mögen unvollständig sein, sind aber, das haben alle Überprüfungen gezeigt, nahezu frei von Fehlinformationen, wie sie über Jahrhunderte das Netz belasteten. Die Zeit der florierenden Fake News ist vorbei. Seit die alte Erkenntnis wiederentdeckt und publik gemacht wurde, dass sich spektakuläre Falschnachrichten, wie hanebüchen sie auch sein mögen, im Internet ungleich rascher verbreiten als tatsachengetreue Meldungen, begibt sich kaum noch jemand, der etwas auf sich hält und ernstlich an Fakten interessiert ist, in diesen billigen Vergnügungspark der Halbwahrheiten. Der Upload ist die bessere Alternative, die seriösere Wissensquelle, daran zweifelt heute niemand mehr. Es war höchste Zeit, der postfaktischen Beliebigkeit des Internets mit einer neuen Technologie entgegenzutreten.

Mein Blitz liegt mehr als drei Jahrzehnte zurück, seither habe ich Updates im Umfang von vielen hundert Petabytes erhalten. Neben den obligatorischen allgemeinen Datenergänzungen kann man berufsgebunden oder auch frei nach persönlichen Interessen aus einer Vielzahl von Spezialisierungen wählen, von beidem habe ich reichlich Gebrauch gemacht. Das Angebot ist breit und umfasst neben allen einstigen Schul- und Studienrichtungen auch vertiefendes Wissen zu besonders schwierigen oder abseitigen Themen bis hin zu hoffnungslosen Orchideenfächern. Die vollständige Kenntnis der quantenphysikalischen Forschungsergebnisse der letzten drei Jahrhunderte ist ebenso dabei wie das Wissen über die in Bernstein eingeschlossene Insektenfauna, eine Einführung in den Geigenbau der Guarneri-Schule oder eine tausend Seiten umfassende Anthologie experimenteller Lyrik, um nur einige Beispiele zu nennen. Eine Wissenscloud hängt über uns, eine Wolke, die keinen Schatten wirft, sondern als riesiger Lichtkörper noch den letzten Winkel dieses Planeten ausleuchtet. Ich schöpfe das Uploadvolumen, das mir pro Quartal zusteht, stets restlos aus und beantrage manchmal noch zusätzliche

Kapazitäten zu beruflichen Zwecken. Dieser Wissenszugang übertrifft jede bisher dagewesene Möglichkeit, Kenntnisse und mitunter vielleicht sogar Erkenntnisse zu erlangen, um Größenordnungen; darin liegt die letzte große Freiheit, die uns hier in der Enge des Humanareals geblieben, oder besser gesagt die erste, die hier entstanden ist.

Das Denken aber, das sich des so gewonnenen Wissens bedient, bleibt dennoch fragmentarisch und durch seine uneinheitliche Herkunft getrübt. Meistens kann ich nicht unterscheiden, welche der Bilder, die mir durch den Kopf gehen, aus meinem primären Wissensupload oder aus späteren Erweiterungen stammen, welche aus den Medien und welche aus eigenem Wissenserwerb, aus persönlichen Überlegungen und Einsichten oder gar aus meiner Kindheit vor dem Blitz. Manchmal liegen Rückschlüsse nahe: Grundkenntnisse auf dem Gebiet der klassifizierenden Naturforschung, wie sie vorhin in meine Aufzeichnungen eingeflossen sind, muss mir der Blitz verschafft haben, denn ihnen galt nie mein besonderes Interesse; weder habe ich jemals Uploads zu diesen Themen gewählt, noch mir auf anderen Wegen einschlägiges Wissen angeeignet. Ohne den Blitz wüsste ich nichts über ehemals bei uns heimische Wälder, über Vögel, Pflanzenschädlinge und Ackerwildkräuter. Meist aber bildet mein Denken, wenn ich es nach seinen Quellen befrage, ein unauflösliches Gemenge. Es trägt vielleicht meine Handschrift, doch habe ich diese Schrift gewiss nicht selbst erfunden, und auch über den Ursprung der Tinte weiß ich wenig. Eigenes und fremdes, persönliches und gemeinschaftliches Wissen vermengen sich und bleiben von deutlichen (und mehr noch von unmerklichen) Bruchlinien durchzogen. Der Anspruch auf geistiges Eigentum, der in früheren Jahrhunderten so wichtig schien, ist müßig geworden, da der Nachweis solchen Eigentums ohnehin nicht ernsthaft zu führen ist und es, nebenbei bemerkt, auch nie war. Wer konnte jemals, was er für seinen eigenen Gedanken, für seine eigene Sprache, für sein eigenes Werk hielt, zur Gänze für sich reklamieren? War nicht immer schon jeder Satz ein Stück weit ein Plagiat, von fremder Hand vorgefertigt und nach den Umrissen tausendfach erprobter und ebenso oft variierter Formulierungen vorgezeichnet? Heute ist dieses Thema erledigt, jede individuelle Intelligenz mit ihrem technischen Gegenstück und mit anderen Intelligenzen vernetzt, jede ihrer Hervorbringungen zugleich Allgemeingut und umgekehrt das Allgemeingut uneingeschränkt individuell nutzbar. Diesbezüglich gibt es keine Eifersüchteleien mehr, keine Besitzansprüche, kein Copyright. Wir sind nicht mehr die Straßenköter, als die wir einst, von archaischem Revierverhalten umgetrieben, an den Ecksteinen unserer Gedankengebäude lachhafte Duftmarken setzten; nicht mehr die Narzissten, als die wir, überzeugt von unserer Wichtigkeit, Bücher schrieben, auf denen unser Name manchmal größer stand als der Titel. Was ich hier denke und schreibe, gehört allen, so es denn jemand haben und lesen will, und ich bediene mich meinerseits an allem, was das System mir zugänglich macht. Die Urheberschaft geistiger Hervorbringungen, soweit eine solche noch auszumachen ist, ist zur unerheblichen Randnotiz geworden. Vermutlich wäre es ohnedies unerträglich, wollte man in der Enge des Humanareals auch noch das Denken kleingeistig parzellieren.

Die Wirkung der künstlich freigesetzten Botenstoffe, die uns im Umgang mit dem Wissen emotional stabilisieren und uns Glücksgefühle zutragen sollen, lässt mit den Jahren freilich nach, auch das erfahre ich am eigenen Leib. Der Körper gewöhnt sich an die Substanzen wie an jede Droge. Immerhin aber, das wurde zweifelsfrei nachgewiesen, zeigt die Human

Computer Interaction mit ihren Begleitmaßnahmen insgesamt langfristig positive Wirkungen auf die Lebenszufriedenheit bis ins höhere Alter, auch unter den erschwerten Bedingungen im Humanareal und selbst dann noch, wenn unsere Fähigkeiten im Umgang mit dem hochgeladenen Wissen altersbedingt nachlassen. Das auf Public Rumour gestreute Gerücht, dass in ähnlicher Weise, wie in jungen Jahren das Glück geschürt wird, mit den letzten Updates der Lebenswille der Älteren gezielt gedrosselt wird, um die begrenzten Ressourcen des Humanareals zu entlasten, ist nicht überprüfbar; das zugängliche Wissen enthält darüber keine Informationen und begründet die absinkende Lebenserwartung im Humanareal mit Ernährungs- und Bewegungsdefiziten, erhöhten Belastungen des Immunsystems und genetischen Schäden aus der Zeit des großen Atomkriegs. Auch von Zwischenfällen jener Art, wie ich ihn bei meinem ersten Upload miterlebt habe, erfährt man nichts. Ich weiß nicht, was aus dem Mädchen auf der Nachbarliege geworden ist, ob ihre Gesundheit an jenem Tag, sofern sie ihn überlebt hat, dauerhaften Schaden genommen hat. Ich sehe noch ihren gebrochenen Karpfenblick auf mich gerichtet, eindringlicher als zuvor ihr Lächeln. Ihren Namen habe ich nie erfahren.

7 die Bewegung

Zu jener Zeit, als meine Generation den Blitz verabreicht bekam, war genau das nicht unumstritten. Das Logo von Pink Brain war seit einigen Jahren allgegenwärtig: der zu einem rosaroten Linienzug stilisierte Umriss eines menschlichen Gehirns. Die Argumente und Parolen der Bewegung hatten sich anfänglich dagegen gerichtet, dass die Wissenstechnologie nur ausgewählten Personen, intellektuellen oder gesellschaftlichen Eliten, zur Verfügung stand. Als die Uploads bald auf die gesamte Bevölkerung ausgeweitet wurden, um so, wie es hieß, die digitale Kluft zu schließen, erklärte Pink Brain das erste Etappenziel für erreicht und richtete sich in der Folge neu aus. Man prangerte nun das global vereinheitlichte Wissensmanagement an, den Blitz, der alle Menschen überall auf der Welt in gleicher Weise traf. Damit werde, wie Pink Brain meinte, jede regionale Identität gelöscht und die Vielfalt der individuellen Entwicklungsmöglichkeiten nachhaltig beschädigt. Von Gehirnwäsche und Diversitätsverlust war die Rede, von Gleichmacherei, einer Nivellierung der Höhen und Tiefen des Menschlichen. Gerade Menschen außerhalb der Norm, hieß es, Genies wie auch geistig Benachteiligte, würden an den standardisierten Uploads zerbrechen. Historische Beispiele wurden propagiert: Ein Ludwig van Beethoven würde keine Note geschrieben, ein Albert Einstein keine Relativitätstheorie ersonnen haben, wären ihre Gehirne in ihrer Jugend dem Blitz unterzogen worden. Zumindest im Fall des Ludwig van erwies sich diese Argumentation jedoch als haltlos, denn die Behörde wies zu Recht darauf hin, dass schon längst eine künstliche Intelligenz seine Unvollendete derart gekonnt zu Ende komponiert habe, dass kein musikalisch auch noch so geschulter Zuhörer die nichtmenschliche Urheberschaft habe erkennen können.

Mit den Aktivitäten von Pink Brain war der Frieden im Humanareal erstmals seit dessen Errichtung von einer Art Palastrevolte bedroht. Die Bewegung hielt sich lange, fast drei Jahrzehnte lang sorgten ihre Protestaktionen für Unruhe. Als die Behörde jedoch mit einer breit angelegten Informationskampagne verdeutlichen konnte, wie sehr sich der Fortschritt der Wissenschaften dank der Bildungstechnologie beschleunigt hat, ist es um Pink Brain rasch still geworden. Denn tatsächlich stellen bahnbrechende wissenschaftliche Erfolge unsere einzige Überlebenschance auf diesem Planeten dar, das kann auch Pink Brain nicht bestreiten. Alle Forschungsergebnisse werden als Uploads bereitgestellt, damit jede Generation unmittelbar und verlustfrei an den neuesten Stand der Wissenschaft anknüpfen kann, ohne erst umfangreiche Fachliteratur studieren zu müssen und dabei auf die eigenen Verständnis- und Gedächtnisleistungen in ihrer ganzen Unzulänglichkeit angewiesen zu sein. Damit ist Wissen ein Stück weit unsterblich geworden und sein Wachstum schier grenzenlos. Das Vergessen gerät in Vergessenheit, und niemand trauert ihm nach. Beinahe scheint damit der Mensch selbst seiner Sterblichkeit ein Stück weit enthoben. Der Überzeugungsmacht dieser Entwicklungen hatte Pink Brain nichts entgegenzusetzen; Unsterblichkeitsversprechen haben die Welt schon immer mühelos korrumpiert.

Immerhin hat die Bewegung, bevor ihre Aktivitäten zum Erliegen kamen, Wesentliches erreicht. Das hat ihr im Nachhinein einige Reputation verschafft. Pink Brain dient der Behörde nun als Vorzeigebeispiel für zivilgesellschaftliche

Meinungsbildung und nimmt einen festen Platz in der noch jungen Geschichte des Humanareals ein. Die Bewegung habe, heißt es, mit ihren Protesten die digitale Bildung auf ein Niveau gezwungen, auf dem der Protest nicht mehr notwendig sei. Nicht nur der antielitäre Technologiezugang sei längst Wirklichkeit, auch die individuelle Persönlichkeitsentwicklung werde mit den frei wählbaren Folgeuploads in einer bisher nie dagewesenen Weise gefördert. Gleichzeitig sei man demütig geworden, habe die einst in schwindelerregende Höhen getriebenen Erwartungen an das kommende Zeitalter des Novozäns ein wenig heruntergeschraubt – den menschlichen Maßstäben angepasst, wie es heißt. Man habe erkannt, dass eine Technologie des Geistes nicht grundlegend über den Geist des Technologen hinauswachsen könne. Der Mensch, so lautet daher das neue Credo, vermöge den Menschen nicht in einem Akt der Selbstüberschreitung neu zu erfinden; aber im Rahmen seiner Möglichkeiten nach Verbesserung zu streben, wie es die Evolution seit Jahrmillionen vorzeige, dazu sei er gewiss imstande. Die Rahmenbedingungen sind damit im Wesentlichen ausdiskutiert, die einst so lautstarken Proteste zu einem Murren abgeklungen.

Bedenken bestehen allerdings vor allem in Fachkreisen nach wie vor und werden heute in einem offiziell geduldeten, ja sogar geförderten wissenschaftsbegleitenden Prozess offen ausgesprochen. Man wisse um die Grenzen der Selbstwahrnehmung komplexer Systeme, heißt es seitens des von der Behörde eingesetzten Fachgremiums, man dürfe nicht ernstlich glauben, dass unser technisch überformtes Denken noch in der Lage sei, die Ergebnisse seiner eigenen Überformung zu hinterfragen. Die Macht zur Selbsterkenntnis sei uns aus der Hand genommen, der biblische Apfel verrottet; damit habe man manipulierenden Einflüssen Tür und Tor geöffnet. Mindestens so sehr, wie wir denken, denke es uns – und dieses Es sei nichts anderes als der hörige Flaschengeist der Behörde. Doch wahrscheinlich, wird dem entgegengehalten, sei dies nun einmal der Preis, den wir für die produktive Geborgenheit eines gemeinsamen Denk- und Wissensraumes zu bezahlen hätten. Und müsse man denn den sogenannten Persönlichkeitsrechten, der unangetasteten Autonomie des Einzelnen überhaupt nachweinen? Die Erinnerung an die geistige Verinselung, die den Menschen einst ein Leben lang wie einen kleinen Leuchtturm auf dem Eiland seines notdürftig zusammengetragenen Halbwissens habe ausharren lassen, sei wahrlich keine gute. Wie man bislang über die Blinkzeichen der Sprachen mehr schlecht als recht miteinander kommuniziert und jenes triste Insulanertum romantisierend als Individualismus abgefeiert habe, sei des novozänen Menschen unwürdig, die heutige Form der biotechnologischen Wissensübertragung damit alternativlos, und so stehe es außer Zweifel, dass –

Es hält mich nicht mehr auf meinem Platz, ich springe auf und gehe unruhig im Zimmer auf und ab. Konjunktive machen mich nervös, indirekte Reden sind mir suspekt, das Denken über das Denken verwirrt mich. Das Reden an sich, auch wenn es ohne zitierenden Rösselsprung unmittelbar auf die Dinge abzuzielen vorgibt, ist schon indirekt genug, jedes Wort bloß der Zerrspiegel einer mutmaßlichen Wirklichkeit, und dann erst diese Beugungen und Brechungen einer aus dem Mund genommenen, umgelenkten Sprache! Ein ganzes Spiegelkabinett, dass nichts als Täuschungen, Verfehlungen und Irrtümer feilbietet. Was ich hier versuche, dieser Text, ist ein heilloser Anachronismus, das Festhalten an einer Kulturtechnik, deren Kultur es nicht mehr gibt. Mein Tun nähert sich verdächtig dem Bemühen, aus Steinen Funken zu schlagen und sich in die Felle erbeuteter Tiere zu kleiden. Wie weit bleibt doch, was ich schreibe, hinter der Gegenwart zurück! Was ich im Grunde sagen will, ist längst gesagt oder niemals zu sagen, im Konjunktiv nicht und auch nicht auf irgendeine andere Weise. Dass der Moment, in dem das Wort *glücklich* ausgesprochen wird, niemals der glückliche Moment ist, sagte uns ein Dichter schon vor langer Zeit. Aber mittlerweile sind die Worte und das, wovon sie sprechen, immer weiter auseinandergerückt und schließlich ganz außer Reichweite geraten.

Ich muss an mich halten, um bei der Sache zu bleiben und nicht in die flüssige Lava meiner Gefühle abzutauchen. Warum bin ich so aufgebracht, worauf so wütend? Darauf, dass wir ein zweites Mal aus dem Paradies gefallen sind, das es, wie wir uns eingestehen müssen, auch diesmal nie gegeben hat? Auf mich selbst vielleicht, auf das Denkorgan in mir, den hybriden, technisch überformten Ganglienklumpen, der seiner selbst entfremdet in seinem uralten knöchernen Bett liegt? Er bedanke sich vielmals für sein sonderbares Gehirn, schrieb jener Dichter, als sähe er meine Befremdung, meine Entfremdung voraus oder empfinde sie bereits. Ich schreie es derber heraus in meiner Wut: »Wer hat mir verdammt noch mal in die Hirnschale geschissen?« Im Vorbeigehen, hin und her zwischen Tür und Fenster, knallen meine Fingerknöchel hart gegen die Kante der Tischplatte. »Lass die Funken sprühen«, ruft etwas aus mir, während ich zuschlage, und auf dem Rückweg wieder: »Lass die Funken sprühen!« Bin ich selbst gemeint, oder wende ich mich wie jener dankbare Dichter unaufgefordert an eine höhere Instanz? Der Schmerz zuckt mit jedem Schlag durch meine Nervenbahnen, ich spüre seine Impulse von der verletzten Hand durch das Rückenmark zum Hirn schießen, wo ich ihn wiedererkenne als meinesgleichen.

Ich sehe, dass ich außer mir bin, sehe es mit einer gewissen Besorgnis und kann es doch nicht ändern, will es auch nicht mehr ändern. Diese Wut, die als ein Wüten aus mir bricht, scheint mir in diesem Moment die einzig mögliche Wahrheit zu sein und ist doch nur, wie jede Wahrheit, ein flüchtiger Zustand, ein Gewitter in meinem Gehirn. Die zerebralen Metadaten melden einen erhöhten neuroelektrischen Ladungszustand bestimmter Gehirnareale. Die Tatsachen aber sind längst geschaffen. Der Mensch als anthropozänes Wesen ist vom Aussterben bedroht und gewissermaßen, funktionell betrachtet, bereits ausgestorben. Ich imitiere ihn noch, widme ihm ein Schattenspiel in der Art des türkischen Karagöz-Theaters, werfe ihm ein schiefes, verzittertes Denkmal auf die Leinwand, wie er zugrunde geht in einem Bermudadreieck zwischen uneingestandener Armseligkeit, narzisstischer Hybris und Selbstaufgabe für das heilige Ziel, die übergeordnete Vernetzung der Intelligenzen. Ein Ameisenstaat, fällt mir ein, wir sind ein Ameisenstaat, der als Organismus vielleicht mehr vermag als jedes einzelne Tier und der doch wesenlos ist, weil die Summe der Ameisen kein neues, größeres Wesen hervorbringt, sondern nur eine übergeordnete Funktionseinheit. Der Selbstwert einer Ameise, das ist es in etwa, was mir persönlich geblieben ist. »Ja«, rufe, ich, »ja, ja, ja! Lass die Funken sprühen!« Aus meinen Knöcheln sickert Blut. Der Schmerz ernüchtert mich, zwingt mich zurück auf meinen Sessel, bringt mich zur Vernunft, falls Nüchternheit Vernunft ist. Reiß dich zusammen, sage ich laut und deutlich zu mir, du hast zu tun! Ich werde kostbares Wasser dafür verschwenden, mir das Blut abzuwaschen, ehe ich weiterschreibe.

8 der Furor

Niemand kennt die Probleme und Widersprüche unserer Zeit besser, als Lea sie kannte; niemand ist wie sie an ihnen gewachsen und zugrunde gegangen. Sie, die flammende Systemkritikerin, Pink-Brain-Aktivistin der ersten Stunde und spätere Diskursführerin im Auftrag der klüger gewordenen Behörde, versuchte noch vom Krankenbett aus mein Kritikvermögen zu schärfen, denn immer fand sie mich zu kompromissbereit, zu abwägend in meinem Denken, zu naiv und vertrauensvoll in meinen Entscheidungen und Unentschiedenheiten, zu unentschlossen in meinem Handeln und Unterlassen. »Geborgen fühlst du dich, Leonard, bist du dir da so sicher?«, forderte sie mich bis zuletzt heraus. »Produktive Geborgenheit, was soll das überhaupt sein? Ein Widerspruch in sich, Leo, eine Unvereinbarkeit. Ein goldener Käfig ist es, in dem sie unsere auffrisierten Großhirne wohnen lassen. Wir sind zerebrale Hochleistungshühner in Massenhaltung! So gesehen vielleicht wirklich produktiv. Und bevor du mich dessen überführst: Ja, auch ich sitze brav in dem Stall, aus dem die Behörde die Eier holt. Ich habe ihren Sinneswandel zu meinem gemacht und mit meinem den ihren mitgestaltet. Ich habe den schwarzweißen Aktivismus aufgegeben und mich stattdessen zur Zusammenarbeit in der Grauzone entschieden, weil alle Intelligenzen dieser Welt an einem Strang ziehen müssen, wenn wir noch eine Überlebenschance haben wollen. Der Preis ist hoch, aber ein besseres Angebot gibt es nicht. Sieh mich als Verräterin oder Idealistin, wahrscheinlich kannst du von beidem etwas in mir finden. Aber auf die Idee, mich einem Gefühl der Geborgenheit zu überlassen, wäre ich nie gekommen. In Wahrheit redest du dir die Zustände schön, um sie ertragen zu können. Ist es nicht so? Das ist Resignation und Selbstbetrug, Leonard.« Vom Eiland zur Legebatterie! Mit einem Rufzeichen rette ich mich in das plumpe Wortspiel, um nicht augenblicklich in Tränen auszubrechen. Denn Lea ist tot, zerfressen vom Krebs, den eine erbarmungslose Sonne ihr einst in die Haut gebrannt hat, als späte Strafe für die Freiheitsliebe ihrer Jugend, als sie, damals noch ganz die heranwachsende Kämpferin, nicht in Batteriehaltung unter den Arealdächern verkümmern wollte und sich einen Tag um den anderen davonstahl, hinaus ins Licht, in den Staub, in den niemals abflauenden Wind, um so wenigstens –

Ich bin neuerlich von meinem Sessel aufgesprungen und gehe unruhig in jenem Käfig auf und ab, in dem Lea mich mit ihrem Tod zurückgelassen hat. Wir sehnen uns doch, gleichsam hinter vorüberziehenden Stäben, alle nach einem anderen, freieren Leben, horche ich gleichzeitig zwei alten Stimmen nach, denen ich bei meinen Recherchen begegnet bin. Die Erinnerung an Lea hat mich aufgewühlt und ein Verlangen nach Gegenwart entzündet, nach Leas Gegenwart, und nach Freiheit, wie auch Lea sie erleben wollte. Die Trauer treibt mich um wie ein Tier. Die Hände wie einen Schild vor mich haltend, marschiere ich gegen die Wand an, stoße mich von ihr ab und drehe mich zugleich, durchmesse den Raum mit sechseinhalb geschmeidig starken Schritten zur anderen Wand. Ich spüre meinen Körper, die Spannung und Entspannung der Muskulatur, den Tanz meiner Kraft um eine Mitte. Ich bin, denke ich für einen Moment, das Pendel einer mechanischen Uhr, zähle die Stunden seit Leas Tod. Meine Übung hier ähnelt dem Fitnessprogramm, das wir im Sportcenter des Humanareals ausführen, um uns trotz der beengten Bedingungen unsere menschliche Gestalt einigermaßen zu erhalten. Ich spüre, was an mir organisch und animalisch ist, ich spüre die Härte der Wand an meinen Handballen, den Zug der Sehnen beim Wenden, die Wirkungen der Fliehkraft und der Massenträgheit. Irgendwo in meinem Kopf wird jede meiner Bewegungen mitgerechnet, Formeln rattern betriebsbegleitend im Hintergrund, aber ich interessiere mich nicht dafür, hole sie nicht nach vorne. Das Drehmoment als Produkt aus Kraft und Entfernung des Angriffspunktes von der Drehachse, soll es so sein, was geht mich das an! Aber das Denken, welche Macht bleibt dem Denken in einem Körper wie meinem? Ohne stehen zu bleiben, taste ich nach der Schnittstelle, der Kabelbuchse an meinem Hinterkopf, die dort, vor eigenmächtigem Zugriff geschützt, irgendwo unter der Haut liegt. An jedem Wendepunkt schlagen meine Handflächen klatschend gegen die Wand. Beschreibt die formale, formelhafte Multiplikation reale Formen des Zusammenwirkens, wohnt sie dem Geschehen inne und kann dort entdeckt werden wie ein Naturgesetz, oder wird sie ihm übergestülpt wie ein zusammengeflickter Sack, unter dem die Wirklichkeit erblindet? Könnten wir uns doch verkabeln von Buchse zu Buchse, unser aller Denken in Serie schalten, es zusammenballen und hochmultiplizieren zu einer gewaltigen Lawine geistigen Widerstands gegen – ja wogegen? Feind ist keiner in Sicht, Freund wahrscheinlich auch keiner. Ich bin auf mich allein gestellt, muss den Tanz der Gedanken um ihre Mitte vorantreiben, muss sie einfangen, sie zusammenziehen in ihren gemeinsamen Schwerpunkt und wieder loslassen zu freier Rotation.

Die Mehrdeutigkeit, die sich hier festgesetzt hat, macht mir zu schaffen. Das System rettet und beherrscht uns. Man verfügt über eine Fülle geteilten Wissens und über ein gemeinsames Überlebensziel, sollte sich geeint fühlen wie nie zuvor und erlebt sich doch vereinsamt, manipuliert und in die Irre geführt. Man fühlt sich in Gefangenschaft geborgen, man darf das Humanareal verlassen und darf es nicht; wenn man es tut, setzt man leichtfertig sein Leben aufs Spiel wie Lea oder dient verdienstvoll der Gesellschaft wie Luis. Das Dasein im Humanareal hat sich mit Leas Tod erstickend um mich geschlossen, und im Innenraum meiner selbst wohnt es sich um so viel beengter als in jenem unermesslichen Wir, das ich gewonnen, erlebt und wieder verloren habe. Über allem, hinter allem, wenn man über das Humanareal hinaus und den Tatsachen ins Auge blickt, steht als finale Bedrohung unser Ausgesetztsein auf der glühenden Nadelspitze der solaren Katastrophe, die jedes Gefüge aus Macht und Ohnmacht bedeutungslos macht. Und doch scheint alles hier vorrangig oder zumindest vordergründig auf einem Machtgefälle zu beruhen, selbst die übermäßige Sonnenstrahlung spielt dem System in die Hände: als Peitsche, mit der es die Herde zusammentreibt, uns bei der Sache hält, bei seiner Sache.

Was bedeutet das alles, worauf läuft es hinaus, welches Gesamtbild lässt sich zusammenfügen? Wie ist es vereinbar, wie bedingt es einander? Oder steht es unversöhnlich nebeneinander, vielfach geborstenes Stückwerk wie alles Historische, wie jede Gegenwart bis auf die eine, die sich als Hier und Jetzt in uns zu treffen scheint? Wohin ich auch schaue, sehe ich gebrochene Bilder, als hätte sich ein trügerischer Kristall vor die Dinge geschoben. Ist genau dies, die Doppelung und Verschiebung der Bilder, das auratische Flirren ihrer Ränder, die eigentliche Macht, die über uns ausgeübt wird? Und wie ließe sich, im Sinne Leas, in einem stillen oder meinetwegen auch lauten Akt der Selbstermächtigung aus diesen Gegebenheiten, diesen schieren Benommenheiten ausbrechen oder sich wenigstens so weit darin orientieren, dass die Bilder wieder in eins zusammenfallen, das den Namen Wahrnehmung verdient?

Ich habe dies nur in Gedanken formuliert, ohne die Memofunktion meines erweiterten Zerebralspeichers zu aktivieren, muss es im Kopf behalten, mir auf die konventionelle Art merken und später niederschreiben. Ob es einen Sinn ergibt oder bloß hohler Furor bleibt, werde ich später mit klarem Kopf prüfen. Jetzt ist an ein Hinsetzen, an ein Nachdenken des Gedachten nicht zu denken, mein Protestmarsch von vorhin hat sich zu einem Lauf gesteigert, mir ist heiß geworden. Schweiß tritt mir aus allen Poren, meine Arme drohen einzuknicken unter dem fast schon sekündlichen, immer härteren Stoß der Wände. Ja, die Wände rennen gegen mich an, die Wände und ich rennen einander brüllend entgegen wie die Äxte schwingenden Heere einer archaischen Schlacht, der Raum stürzt auf mich ein, mir bleibt nur das eigene Rennen als hilflose Antwort, als ohnmächtiger Widerpart, die Geschwindigkeiten summieren sich auf, der Raum hämmert mir den erstickenden Wahnsinn seiner Dreidimensionalität ein, den klaustrophobischen Furor des Daseins schlechthin oder dessen, was uns hier im Areal in unserer postanthropozänen Verstümmelung von einem Dasein geblieben ist. Ich ducke mich unter mein Weiterdenken als schützend nach oben gewandten Schild. Ich protestiere lautstark, jeder Laufschritt presst einen gellenden Schrei aus mir heraus, als ließe sich der herrschende Ungeist damit zielgenau aufspießen, die Zumutung abschütteln, ein Loch durch das Gemäuer stoßen hinaus in eine Freiheit.

Doch ich habe mich verrechnet, falls ich denn überhaupt gerechnet habe, Personal kommt ins Zimmer gestürmt, drei weiß gekleidete Menschen, wenn ich es richtig überblicke;

jemand stellt sich meinem Lauf in den Weg, drängt mich zur Seite, fixiert mich mit drohender Geste an der Wand, an genau der Stelle, gegen die ich, wie lange eigentlich, angerannt bin; ein anderer macht sich indessen am Fenster und an der Raumtechnik zu schaffen. Ist es so weit, will ich fragen, bricht jetzt alles zusammen, lässt man mich hier ersticken oder holt man mich ab, aber ich lasse die Frage unausgesprochen, man würde mir doch keine wahrheitsgemäße Antwort geben. Eine hünenhafte Person mutmaßlich weiblichen Geschlechts baut sich vor mir auf, stellt sich mit täuschend ruhiger, sonorer Stimme als Bernadette vor, mahnt mich mit verräterisch gutmütiger Strenge zu Entspannung und Ruhe, stellt jede Gefahr in Abrede. Bernadettes Hände legen sich besänftigend auf meine Schultern, mächtige Brüste spannen den weißen Mantel auf Höhe meiner Augen, ich sehe die Mantelknöpfe abspringen, die Bluse darunter aufplatzen, weißes Fleisch herausquellen; eine Welle bittersüßen Geruchs schwappt mir entgegen. Mir ist schwindlig, ein Flimmern steht vor meinen Augen, aus Abgründen kommt ein Echo zurück wie der grollende Laut eines wilden Tieres, das in der Hünin zu wohnen scheint oder das sie in Wahrheit vielleicht ist, als Mensch verkleidet und getarnt. Ich aber weiß an mich zu halten, taumle nicht länger, starre nicht auf die wogende Körperfülle, sondern blicke zu Boden, nicke wie ein folgsames Kind, gebe diesen Personen hier zum Schein recht, so wie auch sie alles, was sie tun, zum Schein zu tun scheinen, eine Verdoppelung, Verdreifachung der Scheinbarkeiten, ich will mich auf nichts mehr einlassen. Allein diese Bernadette, diktiert der Überlebenstrieb meinem glasklaren Verstand, könnte mich mühelos zusammenschlagen. »Lasst mich los, lasst mich wieder an meine Arbeit«, höre ich mich halblaut ausrufen – nur nicht zu laut, um nicht den provozierenden Eindruck der Unbändigkeit zu machen –, während mein Körper stillhält, wie erstarrt stehen bleibt, um keinen physischen Widerstand auszuüben und auszulösen. Physis bedeutet Schmerzen, und nicht immer jene der befreundeten Art, so viel habe ich gelernt. »Ich hatte meine Leibesübung, meine Exerzitien«, beteuere ich, »ich muss die Zeit nutzen, die mir noch bleibt, den Anschein geborgter Geborgenheit wahren, den uneingeschränkten Datenzugriff ausreizen! Man kann mich jederzeit sanktionieren, mich von den Quellen abschneiden, wisst ihr das denn nicht? Dann bin ich verloren wie viele vor mir! Ist es schon so weit? Seid ihr hier, um meinen Speicher zu löschen, mich meiner selbst zu berauben?«

Die Riesin sieht für einen Moment verwirrt aus, lockert, da ich immer noch regungslos stehe, ihren Griff ein wenig, spricht in fragendem Ton zu ihrem Kollegen; beide scheinen nicht Bescheid zu wissen, mich nicht zu verstehen, vielleicht auch einander nicht zu verstehen, sie schütteln nur die Köpfe. Habe ich sie überfordert, zu viel Wissen vorausgesetzt? Hat man sie aus dem digitalen Bildungsprogramm ausgeschlossen? Sind sie etwa ehemalige Kriminelle, deren Zerebralspeicher im Strafvollzug formatiert wurden? Hat man ihnen die Fähigkeit genommen, zu verstehen und sich verständlich zu machen? Einer Eingebung folgend will ich mit rascher Bewegung nach dem Hinterkopf des kleineren der beiden Männer greifen, die Schnittstelle unter seiner Kopfhaut ertasten. »Welche Art Mensch bist du«, brülle ich ihn an, »welche Art Unmensch, bist du einer von uns oder bist du Abschaum, dem man die Schnittstelle verödet hat?« Doch damit überrumple ich ihn nicht, schon knalle ich unter seinem geübten Zugriff neuerlich gegen die Wand, diesmal mit dem Gesicht voraus, mir bleibt für einige Momente die Luft weg. »Ich werde dir zeigen, wer hier der Abschaum ist«, zischt er mir ins Ohr, während er mir den Arm auf den Rücken dreht. Sofort gebe ich nach, nicke und wimmere kleinlaut, mein Jochbein scheuert am kreidigen Weiß, während sie nun zu dritt auf mich einreden in einem Tonfall, der beruhigend klingen soll, mit dem sie mich aber nicht täuschen können. Ich lasse mir nicht in die Karten schauen, stehe still, als hätten sie mich überzeugt, und sage betont langsam und leise: »Lassen Sie mich jetzt bitte arbeiten. Sie sehen doch, dass ich zu tun habe, die Datei wächst und wächst, wie es verlangt wird. Ich werde der Behörde meine Leistung nachweisen, da können Sie sicher sein. Nun gehen Sie schon, gehen Sie.« Man gibt mich langsam frei, beobachtet mich wie ein unberechenbares Tier, als wäre ich hier das Problem und nicht sie in ihrer fatalen Ahnungslosigkeit. Ich gehe betont lässig an meinen Arbeitstisch, setze mich und sage ruhig, aber laut und deutlich: »Ich habe euch erkannt. Dass ihr mein Wissen nicht teilt, entlarvt euch. Was habt ihr getan? Ihr wollt es mir nicht sagen, nein? Dann verschwindet doch endlich!« Meine Worte verfehlen ihre Wirkung nicht, murmelnd und gestikulierend verlassen die drei Gestalten mein Zimmer. Während ich sie draußen aufgeregt reden höre – die Frau erwähnt tadelnd das Wort Abschaum, der Mann rechtfertigt sich, mehrmals fällt der Name Doktor Szabo –, scheint die Sicherheit in meiner Wohnzelle fürs Erste wiederhergestellt. Ich atme mehrmals tief durch, setze mich wieder an meinen Schreibtisch, beginne sofort in höchster Konzentration zu schreiben, um alles zuvor nur Gedachte nun endlich festzuhalten und an der richtigen oder wenigstens an einer möglichen Stelle einzufügen, ehe mir die Zusammenhänge entgleiten. Später kommt Bernadette nochmals herein, vorsichtig und leise jetzt, sie wickelt behutsam, fast zärtlich schneeweiße Verbände um meine Finger, nicht etwa in einem Stück, sondern um jeden einzelnen – damit ich weiterschreiben kann, wie sie sagt. Ein Wohlwollen geht jetzt von ihr aus, das zu bezweifeln mir bereits die Kraft fehlt.

9 die Zeit

Kaum bin ich wieder allein, stehe ich neuerlich auf und durchmesse das Zimmer nicht wie zuletzt von Wand zu Wand, hin und her wie ein aufgezogenes Pendel, sondern auf einer langsamen Kreisbahn wie ein Zeiger auf seinem Zifferblatt. Viel Platz gibt es hier nicht, mein Kreis ist ein schiefrund gestauchtes Oval, das haltlos zerrinnt wie eine Uhr Salvador Dalís. Auch in einem mechanischen Uhrwerk, wie man es einst baute, ist wenig Raum, dicht an dicht stehen die winzigen Zahnräder unter der Spannkraft der Unruh. So oder so, pendelnd oder drehend, bin ich mein eigener Zeitmesser und Zeitgeber. Die Zeit seit Leas Tod ist mein absolutes Maß, aber es gibt auch andere Skalen, aufgespannt zwischen Vergangenheit und Zukunft. Die Zeit als Richtung, als Agens, als Dimension, gedehnt im Gravitationsfeld, Zeit als wirtschaftlicher und ideeller Wert, als grammatisches Tempus, raumartig getrennt das Jetzt vom Damals und vom Dann – man weiß manches über sie zu sagen und hat sie doch nicht verstanden. Lässt sich, ungeachtet ihrer vermeintlich unumkehrbaren Richtung, ein Plus oder Minus vor die Zeit setzen wie vor eine einfache Zahl? Sind vielleicht nicht wir in der Zeit, sondern die Zeit ist in uns? Sind wir selbst ihre Konstrukteure, oder hat sie in einer sonderbaren Laune uns konstruiert? Ihr Hiersein und Vergehen hängt mit unserem eigenen eng und auf doch nicht ganz klar ersichtliche Weise zusammen.

Eine Erinnerung schleicht sich aus der Tiefe an die Oberfläche. Als ich in meiner Jugend aus meinem ersten Upload erwachte, entdeckte ich neben der Faszination, in der alles für mich erstrahlte, für einen Moment auch ein stilles Grauen in mir, das ebenfalls neu war – das Grauen angesichts der Zeitlichkeit der Dinge, über die ich nun in derselben unverrückbaren Klarheit Bescheid wusste wie über vieles andere –, ein Wissen, das die begleitend verabreichten Glücksbotenstoffe damals rasch wegspülten und das mich nun wieder eingeholt hat. Nichts kommt schneller in die Jahre als das eigene Leben, verglichen damit können Sterbestunden schiere Ewigkeiten sein, von den immerwährenden Sekunden ganz zu schweigen. »Die Zeit ist der Schlüssel zu allem«, sage ich und wiederhole laut, wie um mich selbst zu überzeugen, »die Zeit ist der Schlüssel zu allem!«, weiß aber selbst nicht genau, was ich damit meine. Was ließe sich mit ihr aufschließen, was aus ihr erschließen? Relativ und unumstößlich, flüchtig und kontinuierlich, konstruiert und real, ist sie eine Aporie, ein unauflösliches Rätsel – als wollte sie uns an unsere eigene Rätselhaftigkeit erinnern.

Ich tappe im Nebel meines Halbwissens und meiner Fragen; man hat mir beschämend wenig Informationen über dieses Thema hochgeladen. Oder liegt es an mir, an den Grenzen meiner eigenen Intelligenz? Ich gestehe es mir nur ungern ein, aber die beiden Relativitätstheorien, die längst Eingang in die Allgemeinbildung gefunden haben, habe ich trotz des Uploads nie so gut verstanden, dass ich darauf mein eigenes Verständnis der Zeit stützen könnte. Überhaupt habe ich den Eindruck, dass manche Uploads, gerade in den Bereichen der Mathematik und Physik, an bestimmten kognitiven Defiziten meinerseits weitgehend gescheitert sind. Es gibt sie eben doch noch, die persönlichen Talente und Schwächen, auch wenn es oft heißt, die Wissenstechnologie sei antielitär, weil sie individuelle Unterschiede in der Intelligenz und Begabung ausgleichen würde. Vielleicht ist aber gerade das aporetische

Wesen der Zeit nur schwer in einem vereinheitlichten Wissensupload zusammenzufassen. Oder die Behörde will unser Zeitwissen gezielt beschränken, um unsere Aufmerksamkeit im Hier und Jetzt zu bündeln. Zu viel Sehnsucht nach der Vergangenheit, zu viel Verzweiflung angesichts der Zukunft, beides wäre den Zielen der Behörde nicht dienlich.

10 der Lehm

Nicht Geborgenheit, sondern Klaustrophobie ist es, die wir erleben, oft verdrängt und schöngeredet zwar, wie auch ich es zu tun geneigt bin, doch eingebrannt in das kollektive Gedächtnis und hier, im Humanareal, erneuert und endgültig verwirklicht. In unser aller Genom bleibt abgespeichert: in einem unterirdischen Bunkersystem die verstrahlten Jahre überlebt zu haben wie in einem Sarg. Also: lebendig begraben. Wer dies nicht über die Generationen hinweg verinnerlicht hat, lebt nicht mehr. Wer lebt, hat es verinnerlicht als bittere Essenz seiner Herkunft.

Der einstige Sündenfall von Hiroshima und Nagasaki war nur ein Vorspiel für das, was sich ein Jahrhundert später nach einer langen Vorgeschichte ereignete: Nach jahrelang schwelenden Territorialkonflikten auf dem eurasischen Kontinent, völkerrechtswidrigen Gebietsaneignungen und zäher Gegenwehr der Annektierten, die sich gegen die aggressorische Willkür stemmten, nach an- und abschwellenden Flüchtlingsströmen, staatlich organisierten Kindesentführungen und Zwangsumsiedlungen über tausende Kilometer hinweg, nach breit angelegter Wohlstandsvernichtung durch Handelskriege und Sanktionsstaffetten und nicht zuletzt: nach einem weltweiten Wiedererstarken des Militarismus und einem breiten Aufrüsten nationaler Armeen nah und fern der eigentlichen Krisenherde, nach all diesen Vorgängen war es plötzlich so weit – ob längst erwartet, wie es die einen sahen, oder überraschend, wie die anderen meinten, bleibt unentschieden und spielt auch keine Rolle mehr. Eine der Nuklearmächte gab zu verteidigen vor, was sie sich unrechtmäßig angeeignet hatte, überschritt, als ließe sich ein Unrecht mit einem weiteren legitimieren, die rote Linie mit dem Abwurf einer sogenannten kleinen, sogenannten taktischen Atombombe und setzte damit augenblicklich einen Schlagabtausch in Gang, der einer blinden martialischen Logik folgte, als hätte jemand der menschlichen Vernunft den Stecker gezogen. Bombe um Bombe fiel mit immer größerer, einander übertreffender nuklearer Sprengladung; das Bömbchen, wie manche die Waffe jenes Erstschlags in Anlehnung an den Jargon der Drogenszene genannt hatten, hat ganze Arbeit geleistet. Wie nebenbei ging auch noch das größte Kernkraftwerk Europas zu Bruch und strahlte mit den Nuklearwaffen um die Wette. Binnen weniger Tage wurden sämtliche Grenzwerte zuerst für längerfristige gesundheitliche Risiken, dann für kurzfristige organische Schädigung und schließlich für unmittelbar letale Strahlungsmengen überschritten.

Das gesamte Gefüge menschlichen Lebens zerbrach binnen weniger Tage. Die abgeschiedensten Gegenden Patagoniens und Feuerlands, die von den Strahlungsherden am weitesten entfernt waren, wurden zum Ziel einer letzten Massenflucht, doch reichte angesichts der Strahlungswelle, die wie ein Tsunami um den Erdball schwappte, keine Entfernung der Welt mehr aus, um sich in Sicherheit zu bringen. Milliarden von Toten blieben unbegraben. Die am Leben blieben, verkrochen sich wie die Ratten. Nur dort, wo heillose Pessimisten und wohlhabende Weltuntergangstheoretiker die Erde schon zuvor wie einen Termitenbau ausgehöhlt und strahlungssichere Bunker mit Anbindung an lebenserhaltende Versorgungssysteme errichtet hatten, war an ein Überleben zu denken. Die Frage, wer in den Stollen Zuflucht fand und wer draußen bleiben musste, wurde weltweit in bürgerkriegsartigen Gemetzeln ausgetragen. Bestechung und Bestechlichkeit in einem Ausmaß, das jede bisher dagewesene Korruption übertraf, wurde zur Frage von Leben und Tod und machte Geld einmal mehr zum Überlebensfaktor. Nationalstaaten und historisch gewachsene Kulturräume brachen auseinander wie trockener Lehm, die Welt zerbröselte und verharrte in diesem Zustand, bis die Strahlungsintensität sich halbiert, nochmals halbiert und weitere Male halbiert hatte und allmählich, bei nur noch geringen Strahlenschutzerfordernissen, die Humanareale aus der Erde wuchsen wie Abszesse auf dem Hintern der geschundenen Welt. Geblieben ist uns, neben dem einen oder anderen genetischen Defekt, vor allem die Klaustrophobie, denn der Weg aus den Atombunkern in die kaum weniger beengten Humanareale war nicht weit. Die Menschheit findet aus ihren Konservenbüchsen nicht mehr heraus.

Während die radioaktive Strahlung allmählich abnahm, fror die Erde unter dunklen Wolken, als hätten Meteoriten eingeschlagen und die Atmosphäre verdunkelt. Dann aber, als die Wolken sich nach einigen Jahren verzogen, brach das gegenteilige Problem aus, die Temperaturen schossen in die Höhe, das schwer angeschlagene Klimasystem entgleiste vollends. Der Tanz auf der glühenden Nadelspitze begann, in fieberhafter Eile wurde an den Humanarealen weitergebaut, wo immer die Mittel und Möglichkeiten dafür vorhanden waren. Humanareale sind freilich keine Lebensräume, wie die Stadtökologie früherer Jahrhunderte sie kannte, sondern Orte der schieren Simulation. Mit beträchtlichem Aufwand werden hier Bewohnbarkeit, Lebensqualität, ein menschenwürdiges Umfeld vorgetäuscht. Manchmal mag man sich fragen, ob einem das Leben selbst nur vorgegaukelt wird. Geht man den weiß getäfelten Ringgang entlang, der rund um den zentralen Behördentrakt verläuft, sieht man liebliche Landschaften, grün und einladend, langsam über die Wände wandern, beinahe als sei man selbst es, der sie durchwandert; aber die Projektion ist zu nah, zu flach, man fühlt sich von ihr bedrängt und erdrückt. Begegnet man auf einem der schmalen Nebengänge, die wie die Arme eines Seesterns auseinanderstreben und an die Korridore im Inneren von Schiffsleibern erinnern, einem anderen Menschen, muss man sich aneinander vorbeizwängen, und darin steckt in der Tat ein Zwang, eine Nötigung, denn man kommt einander näher, als man es in aller Regel möchte. Unbehagen begleitet diese Momente, in denen die Gefahr der Übertragung von Krankheiten trotz der Schutzmasken, die man außerhalb der Wohnzellen zu tragen hat, groß ist. Man würde sich ein Einbahnsystem wünschen, doch die Architektur des Areals, die blind endenden Verzweigungen des Gangsystems, das tatsächlich an die fünfstrahlige Anatomie eines Stachelhäuters erinnert, ermöglichen dies nicht. Etwas unverhohlen Bedrohliches liegt in solchen Begegnungen, das tief in uns eingesickerte Wissen, dass von zweien immer nur einer und am Ende niemand übrig bleibt.

Als gäbe es noch Wahlen zu gewinnen, weist die Behörde die naheliegende Lesart zurück, das tödliche Strahlenduett – zuerst die Bomben, dann die Sonne – sei das finale Meisterstück der Menschheit, die Coda unserer seit Jahrhunderten komponierten Selbstauslöschung. Als Informationsalternative, Lea nannte es schlichtweg postfaktische Propaganda, will man nun die Ursache des Temperaturanstiegs und der Einstrahlungszunahme in einer beschleunigten Anreicherung des Heliums im Inneren der Sonne erkannt haben, das dort aus der Kernfusion des Wasserstoffs entsteht. Was zunächst als dreiste Behauptung erschien, wurde so lange verkündet und mit flugs geschaffenen Datenreihen untermauert, bis die neue

Wahrheit geformt und gefestigt war. Ein kosmischer Schicksalsschlag wird inszeniert, der uns, so will man uns glauben machen, unverschuldet trifft und der somit auch keine politische Verantwortung kennt. In den Wissensuploads der Jugendlichen ist die neue Version des Geschehens bereits verankert, den Älteren wird sie über die Medien eingetrichtert und mit nicht abwählbaren Updates nachgereicht. Informationen, die nötig wären, um die offizielle Erzählung überprüfen zu können, sind nicht verfügbar, an dieser Stelle klafft eine Lücke im verfügbaren Wissen. Möglicherweise ist die Sachlage nach den desaströsen nuklearen und klimatischen Vorgängen der letzten Jahrhunderte so kompliziert, dass selbst für unsere Astrophysiker, auch bei voller Verfügbarkeit der vertraulichen Daten, nicht auszumachen ist, welche Anteile am aufkochenden Strahlungscocktail die atomare Kriegshistorie, das hausgemachte Klimadesaster und eine mögliche Zunahme der Sonnenaktivität nun wirklich haben. Vielleicht, wer weiß das schon so genau, werden wir ja wirklich vom langen Arm eines heranwachsenden Roten Riesen hinweggefegt, der unsere eigenen Verfehlungen und Versäumnisse der letzten Jahrhunderte als unbedeutenden Kinderkram, als kleinkriminelle Bagatellen erscheinen lässt.

11 das Mammut

Ich lasse von der Tastatur ab und lehne mich seufzend in meinem Sessel zurück. Ein dumpfer Schmerz hält meinen Schädel umklammert wie ein Schraubstock, jeder Atemzug hebt ein schweres Gewicht, das auf meiner Brust zu lasten scheint. Ich sollte dringend ein wenig pausieren, denke ich, mir eine leichte Komödie ansehen, durch die Gänge des Humanareals flanieren oder im Sportcenter mit einem Zufallspartner Tischtennis spielen, aber niederschreiben werde ich das nicht, denn ein solches Eingeständnis von Schwäche kann ich mir nicht leisten. Er sollte dringend ein wenig pausieren, das ist nichts, was man als höhnisches Zitat in einer Kritik, in einem behördlichen Überprüfungsbericht lesen oder von einer Evaluierungskommission hören möchte. Ich habe meinen Job im Auftrag des Sytems zu erledigen, wie Lea den ihren erledigt hat, professionell und jederzeit einsatzbereit. Ich stehe auf, strecke meine Glieder, lasse meinen Oberkörper nach vorne sinken und recke meine Fingerspitzen in Richtung meiner Zehen, die ich nicht ganz erreiche. Dann setze ich mich wieder und schalte die Massagefunktion des Sessels ein. Acht kreiselnde Shiatsu-Pads bearbeiten meinen Rücken, aber der mechanische, lieblose Vorgang geht mir auf die Nerven. Wie ich Leas Hände vermisse, ihr Streicheln, ihren sanften, einfühlsamen Druck! Wieder stehe ich auf, trete ans Fenster, beuge mich nach vorne, tief in das nach außen gewölbte Glasauge hinein, dehne dabei die Rückseite meiner Beine und blicke die Fassade des Humanareals entlang bis ganz hinten, wo das sogenannte Boot einen markanten Vorsprung in der Art eines Schiffskiels bildet. Ich lebe unter dem Panzer eines fremdartigen Wesens mit der inneren Anatomie eines Seesterns. Ja, die Innenseite dieser Außenseite, darüber weiß ich Bescheid, darüber werde ich weiterschreiben, alles andere wird sich finden.

Hinter einer stahlgrauen, strahlungssicheren Verschalung, in deren Fugen und Nischen sich gelblicher Sand zu einer zementartig verfestigten Schicht abgelagert hat, grenzt im Humanareal eine Wohneinheit an die andere, Zelle um Zelle, Zeile um Zeile, Etage um Etage, wie in einem Bienenstock, einer auf engstem Raum verdichteten, dreidimensional kondensierten Stadt, in deren Mitte, mit einem dicken Lichtleiterbündel von oben mit Tageslicht versorgt, wie ein mächtiges Herz die Schaltzentrale der Überlebensbehörde pocht. Ein leises, vielstimmiges Summen liegt in der Luft; es geht von den dicken Kabelsträngen aus, die man zur Versorgung der Klimaanlagen und der Informationstechnik zweckmäßig in die Architektur integriert hat. Unter das Summen mischt sich in tiefer Tonlage kaum hörbar ein fernes rhythmisches Wummern, das wohl von den Pumpen und Kompressoren der Kühlaggregate stammt. Mehr noch als draußen in den Agrarhallen verschlingt die aufwändige Klimatisierung im Humanareal riesige Energiemengen, die zum Teil mittels Fotovoltaik auf den Dachflächen gewonnen, großteils aber aus den weitläufigen Solar- und Windparks der Umgebung angeliefert werden. Wie die Straßen laufen auch mehrere mächtige Hochspannungsleitungen sternförmig im Humanareal zusammen.

Über das Privileg hinaus, in diesem hochtechnisierten Areal zu leben – das immerhin die existenzielle Grundversorgung, einigen Komfort, regelmäßige Wissensupdates und eine akzeptable Lebenserwartung bietet –, wurde mir der besondere

Glücksfall zuteil, hier ein Zimmer mit Aussicht bewohnen zu dürfen, einen Fensterplatz, wie die begehrten Wohneinheiten an den Außenrändern des Humanareals im Volksmund genannt werden. Man investiert in mich, zumindest vorerst, so wie in die Forschungskräfte aller Disziplinen eine Zeit lang investiert wird, in der unbestimmten Erwartung, sie könnten auf irgendwelchen bedeutungsvollen Wegen die Welt aus ihrer Misere führen. Der behördlich gesteuerte Wohnungsmarkt, hat Lea mir einmal erklärt, sei eines der Lenkungsinstrumente der neuen disjunkten Klassengesellschaft, im Grunde werde man entweder auf einer Welle der Erwartungen in die illusionäre Aussicht eines glücklichen Lebens hochgetragen oder aber im tageslichtlosen Inneren des Humanareals schon vor der Zeit begraben. Indem man mir den Fensterplatz zugesprochen hat, will die Behörde den Weitblick meiner Forschungsarbeit, mein Selbstwertgefühl und Durchhaltevermögen als Wissenschafter und nicht zuletzt mein Bewusstsein einer abzutragenden Schuld stärken. Dem Genie Licht und Raum geben, lautet der einigermaßen übertriebene, zumindest in meinem Fall lachhafte Slogan, der diese Art der Forschungsförderung begleitet. Schön und gut, meinte Lea dazu, allerdings unterlaufe man damit ein Stück weit die Forderungen der Pink-Brain-Bewegung, indem man intellektuelle Leistungsträger anfüttere und zu folgsamen Schoßhündchen abrichte. Was so entstehe, sei zwar mitunter vielleicht der Nährboden für herausragende Leistungen, vor allem aber eine Inszenierung, das Zerrbild einer geistigen Elite. Ein Genie, was sei das überhaupt, ein eitles Konstrukt früherer Jahrhunderte, das zum heutigen Leitbild der Wissensvernetzung in peinlichem Widerspruch stehe.

Erst wenn mit der Zielüberprüfung klar wird, dass kein wie auch immer gearteter Durchbruch in Sichtweite ist, lässt man Forscherinnen, Denker und Kreative fallen wie heiße Kartoffeln, als hätten sie ein ungeschriebenes Gesetz, eine stillschweigend überlieferte Leistungsanforderung missachtet: den Stein der Weisen zu finden, der kein Stein ist, dieses kostbare Ding, das ohne Wert ist, das mehrgestaltige Etwas, das keine Form besitzt, das Unbekannte, das jeder kennt … So kehrt ein unausgesprochener Okkultismus durch die Hintertür auf die Wissenschaftsbühne zurück und treibt hier vor den Augen einer applaudierenden Öffentlichkeit sein mittelalterlich anmutendes Unwesen. Wer des Versagens bezichtigt wird und den Gegenbeweis nicht antreten kann, verliert sein Wohnungsprivileg, wird angeblich in ein anderes Humanareal versetzt und ist dann nicht mehr kontaktierbar. Nach einiger Zeit verschwinden wie die Person selbst auch alle Informationen über sie, die Eingabe des Namens in die Suchmaschinen führt zur lapidaren Rückmeldung: Keine Übereinstimmung gefunden. Wen die Datenbanken nicht kennen, der ist nicht nur tot. Er hat nie gelebt.

So viel ist offiziell bekannt, weil es sich nicht leugnen lässt. Nach allem, was man darüber hinaus hinter vorgehaltener Hand erfährt, werden ausgemusterte Personen – neben gescheiterten Wissenschaftern auch allerlei Künstlerexistenzen, deren Arbeit der Evaluierung nur selten standhält – als verbrauchte Humanressource in die Sammellager der Arktis abgeschoben. Dort haben, das wiederum ist Teil des allgemein zugänglichen Wissens, ehemalige Permafrostböden mit ihrem Auftauen ein unerträglich schwülheißes Klima entstehen lassen. Seit aus den tiefsten Bodenschichten der Tundra uralte Krankheitserreger freigesetzt worden sind, grassieren Seuchen, denen das menschliche Immunsystem nichts entgegenzusetzen hat. Sie könnten, heißt es, ein Mammut niederstrecken und haben das vielleicht seinerzeit auch getan. So spricht der Volksmund jetzt davon, jemand habe die Mammutgrippe, wenn er unauffindbar ist. Für die Entwicklung genetischer Immunisierungsmaßnahmen oder auch nur einer herkömmlichen Schutzimpfung fehlen die Mittel. Generell ist die Versorgung in den polaren Wohndistrikten mehr als mangelhaft; die meisten Gerätschaften und Bauteile der dortigen Humanareale, falls die unzureichend geschützten Unterkünfte diese Bezeichnung verdienen, stammen noch aus der ersten Entwicklungsphase, die hier in Mitteleuropa längst von einer zweiten und dritten Generation mit völlig überarbeiteter Technologie abgelöst worden ist. Was bei uns ausgemustert wird, ist jenseits des Polarkreises begehrtes Material zur Verbesserung der Wohnsituation. Die Sterberate der Menschen, die dort zu leben gezwungen sind, ist vor allem unter den Neuankömmlingen so hoch, dass es nicht übertrieben ist, von einem anhaltenden Massensterben zu reden. Den täglich ankommenden, täglich wegsterbenden Menschenmassen als mühelos geschaufeltes Grab zu dienen, ist der einzige Vorteil, den die tiefen, aufgeweichten Böden bieten. Zyniker beharren darauf, dass eben dieser Entsorgungsaspekt der Grund sei, warum die Lager in jener postarktischen, heute tropisch schwülen Weltgegend errichtet worden sind. Mit den Fließbewegungen des aufgetauten Bodens, sagen sie, werde immer noch das eine oder andere Mammut freigelegt, an dessen Knochen man dann ausrangierte Wissenschafter, Künstlerinnen und Literaten nagen sehe. Aber das sind bösartig überspitzte Behauptungen, wie sie gerne auf Public Rumour verbreitet werden, bloße Satire ohne Realitätsanspruch. Satire gilt nicht als gesellschaftsfeindlich und stellt keinen Straftatbestand dar, daher bedienen sich viele Menschen dieses Mittels, um ihrer Verzweiflung Luft zu machen.

Tatsache ist: Wir sind einander Ballast und Gefahr. Wir stehen in tödlicher Konkurrenz um den drastisch begrenzten Raum, um die raren, aufwändig erschlossenen Ressourcen. Das Ausmusterungssystem der Behörde, so wird erzählt, sei eine sinngemäße Nachbildung der seit Jahrmillionen bewährten natürlichen Auslese, die beim Erfolg oder Misserfolg des Individuums ansetze, letztlich aber auf das Überleben und die Weiterentwicklung der Art abziele. Wenn ich es recht verstehe, handelt es sich um eine neue Form der Bionik, die der Natur nicht einzelne Strukturen und Bauteile – einen Klettverschluss, eine Schwingenform und dergleichen –, sondern Prozesse abschaut. Hinter den Deportationen stehen also nicht wie so oft in der Geschichte rassistische Ideologien, nationalistische Ziele oder religiös verstiegene Intoleranz. Es geht ausschließlich um Leistung, nicht bloß um ordentliche Pflichterfüllung, sondern um die Überschreitung der Norm, den Mut und die Fähigkeit zur Erschließung des gänzlich Neuen, das allein heute noch den Keim möglichen Überlebens in sich trägt. Jeder Mensch kann in Ungnade fallen, der an den idealisierten Ansprüchen seiner eigenen Tätigkeit scheitert und den Stein der Weisen nicht findet. Je höher der Anspruch, desto höher die vorläufig zuerkannte Lebensqualität, aber auch das Risiko, alles zu verlieren. Letztlich kann niemand, keine Wissenschafterin und kein Künstler, so hoch springen, wie die Behörde uns die Latte legt. Ich als schreibender Wissenschafter, als forschender Literat bin doppelt gefährdet.

12 die Bedrohung

Während ich das bisher Geschriebene lese, da und dort eine Formulierung verändere, ein Wort austausche, einen Satz ergänze und mehrere lösche, löffle ich das weitgehend geruch- und geschmacklose Nahrungskonzentrat, das hier täglich ausgeliefert wird. Diesen sogenannten Mahlzeiten Aufmerksamkeit zu widmen, wäre Verschwendung. Zwischendurch aber schiebe ich mir mit Genuss die knackigen, hellgrünen Salatblättchen zwischen die Zähne, die heute die Frischkomponente meiner Mahlzeit ausmachen. An anderen Tagen ist es eine Pfirsichspalte oder eine frische Feige. Bei privilegierten Personen, wie ich eine bin, enthält jede Mahlzeit neben der synthetischen Grundversorgung, die nach Alter, Geschlecht und Körpergröße bemessen wird, auch etwas Naturnahrung für das Geschmacks- und Kauerlebnis. Am Ende der Mahlzeit schlucke ich die rotgrüne Kapsel, die mich mit Vitaminen und Mineralstoffen versorgt, und die kleine gelbe Tablette, die vor Strahlungsfolgen schützen soll. Würde ich wie Luis draußen in den Agrarhallen, Solarfeldern oder Windparks arbeiten, müsste ich davon eine höhere Dosis einnehmen. Während ich mich zurücklehne, zieht plötzlich eine Bewegung, die ich im Augenwinkel wahrnehme, meinen Blick zum Fenster.

Draußen steigt und sinkt eine Überwachungsdrohne über dem Ödland, zeichnet Schleifen und Achter in die staubige Luft. Mit ihren sechs Rotorauslegern und den Videoaugen sieht sie wie ein betrunkenes Rieseninsekt aus. Ihre taumelnden Manöver wirken fahrig und unvorhersehbar und sind doch planvolle, beharrliche Umkreisungen jener Objekte und

Strukturen, die das Kameraauge als technisch oder organisch, also verdächtig einstuft und nicht sofort mit den Referenzobjekten der integrierten Datenbank abzugleichen vermag. Was erwartet die Drohne zu finden, falls man bei künstlichen Intelligenzen von Erwartung sprechen kann? Vielleicht sollte ich fragen: Wie lautet ihr Auftrag, was für ein Suchschema hat sie erlernt und perfektioniert? Und was, wenn ihre Suche Erfolg hat? Vielleicht liegt ihre Hauptaufgabe darin, für alle sichtbar zu sein, nicht nur in Wohneinheiten mit Außenfenstern, sondern auch in den Aufenthalts- und Erholungsbereichen der Dachebene. Falls die Überwachung des Außengeländes das Sicherheitsgefühl im Humanareal erhöhen soll, schlägt das in meinen Augen allerdings fehl. Eher vermittelt der unruhige Flug der Drohne den Eindruck, man rechne mit einer unbekannten Bedrohung unserer auf wenige Hektar geschrumpften Welt. Welche feindliche Macht dort draußen sollte unser Humanareal entern wollen?

Die Bedrohung aber, das wissen wir alle, kommt nicht nur von außen. Wir sind unsere eigene lebensfeindliche Wüste. Unser eingekerkertes Denken ist in eng gezogenen Achtern gefangen, die wie zum Hohn Unendlichkeit symbolisieren. Diese Gefangenschaft ist, das weiß ich wohl, auch meinem Schreiben anzumerken. Das Prinzip Hoffnung ist außer Kraft gesetzt, die konkrete Utopie verbesserter Lebensverhältnisse, die während des gesamten Anthropozäns vielleicht der wichtigste Antrieb menschlichen Handelns war, ins Unerreichbare verschoben. Das Hoffen als solches ist zum leeren Ritual verblasst; unmerklich und uneingestanden weicht es zunehmend einem Grundzustand der leisen Panik. Nicht der klaustrophobische Schock des großen Atomkriegs hat uns gebrochen, auch nicht der Einzug in die neuerliche Enge des Humanareals. Erst während des letzten Jahrhunderts, in dem wir es uns in der ereignisarmen Normalität des Humanareals bestmöglich eingerichtet haben, ist die Hoffnung allmählich erloschen. Endgültigkeit hat sich wie eine erstickende Decke über uns gelegt.

Der letzte Löffel hat mich gesättigt, die Essensrationen sind perfekt an den individuellen Energiehaushalt angepasst. Ich knabbere wie ein Kaninchen das letzte Salatblatt weg. Draußen dämmert es bereits. Die Drohne scheint auf der Spitze des Lichtkegels zu tanzen, den sie unter sich in Richtung Boden wirft. Für einen Moment sieht es aus, als wäre sie daran aufgespießt wie ein großer, schwerer Käfer im Schaukasten einer Insektensammlung. Ein letztes Mal kreiselt sie noch vorbei, dann zieht sie weiter vor einen anderen Gebäudetrakt, den nächsten Arm des Seesterns.

13 die Spielkegel

Mein Nachbar Luis kann sich glücklich schätzen, als Agrartechniker zu den wenigen Menschen zu zählen, die gebraucht werden. Scharen von Gärtnerinnen, Landwirten, Erntehelfern haben einer Handvoll Fachleuten Platz gemacht, die täglich in ihren Schutzanzügen zu den Agrarhallen hinausfahren, um nach agrarwissenschaftlichen Handlungsanleitungen, ausgestattet mit einem Maschinenpark, Aussaat- und Ernterobotern, Chemie und ausgesuchten Hilfsorganismen, das Letzte aus den Böden der Agrarhallen zu pressen. Es braucht im Schnitt nur eine Person pro hundert Hektar Agrarfläche, hat Luis mir erklärt und wollte dies als Fortschritt verstanden wissen. Ich weiß, was er täglich auf sich nimmt, und habe ihm nicht widersprochen. Doch einen Fortschritt, der den Menschen hinter sich lässt, kann ich nicht feiern.

In Wahrheit kann sich das Postanthropozän den Menschen nicht mehr leisten und braucht ihn nicht mehr. Was bleibt, ist die überschaubare, auf wenige Generationen zusammengeschrumpfte Zeitspanne unseres voraussichtlichen Überlebens, vergällt durch ein Syndrom menschlicher Überflüssigkeit. Was man einst als Beruf wählen, in täglicher Arbeit leisten und sich als Erfolg zugutehalten konnte, ist fast zur Gänze an maschinelle und elektronische, weitgehend von künstlicher Intelligenz gesteuerte Systeme übergeben worden. Der Faktor Mensch ist kaum noch relevant, weil er teurer, ineffizienter und trotz aller Bildungstechnologie fehleranfälliger ist als die Technik. Gewiss, als zuerst Dampfmaschinen, dann Fließbänder den Menschen als Arbeitskraft ein Stück weit ersetzten, wurde diesen Entwicklungen die Abschaffung des Menschen in ähnlicher Weise nachgesagt. Damals entstanden aber auch neue Berufsbilder und Betätigungsfelder, neue Qualitätsmaßstäbe, neue Niveaus der Versorungssicherheit wenigstens in Teilen der Welt, neue Freiheiten – Veränderungen, die alles in allem, von sozialen Schieflagen und ökologischen Bedenken abgesehen, von der Mehrzahl der Menschen als Fortschritt erlebt werden konnten.

Hier im Humanareal aber ist unsere Entbehrlichkeit offensichtlich wie noch nie. Als flirrende Teilchenmenge driften ein paar Tausend von uns ziellos durch die Gänge und Zellen des Humanareals. Unsere Daseinsberechtigung erwächst nicht mehr aus dem Leben selbst, aus unserem eigenen Sein und Tun; sie besteht nur noch theoretisch, als untergrabener und ausgehöhlter Wert, als heuchlerisches Darlehen der Behörde. Es genügt nicht mehr, Mensch zu sein, um Mensch zu bleiben. In der Mehrzahl sind wir mit Scheintätigkeiten befasst, als Systembeobachter, umherscharwenzelndes Personal oder bloße Spielkegel ohne jeden Anschein einer Aufgabe von der Behörde in einem abstrakten Gesellschaftsspiel von Feld zu Feld geschoben. Manche dieser Kegel scheinen ihr Dasein mit nicht viel mehr als dem gedankenschweren oder auch nur mechanischen Wiegen ihrer mit Daten gemästeten Köpfe zu verbringen. Und was anderes tue ich hier vor meiner Tastatur? Wen interessiert mein tägliches Schreiben, diese scheinbare Erfüllung einer scheinbaren Aufgabe? Auch mein Kopf wiegt bedächtig, verdächtig hin und her und lässt das Schriftbild vor meinen Augen schwanken wie in Seenot oder zumindest in Sehnot. Von der Not des Herzens ganz zu schweigen. Zeit für eine Brille, und sei sie aus Doppelspat geschliffen.

In den meisten Berufsfeldern sieht es ähnlich aus wie in der Agrartechnik. Anstelle der einstigen Scharen von Metzgern, Köchinnen, Bäckern, Obst- und Gemüsehändlerinnen und vielen mehr versorgen uns heute elektronisch gesteuerte Produktionsstraßen, gewartet von kaum einem Dutzend Fachkräften, mit synthetischen und halbsynthetischen Nahrungsmitteln. Fabriksarbeiterinnen, Staplerfahrer, Regalarbeiterinnen, Auslieferer haben sich in Zeiten vollautomatisierter Erzeugung, raumsparend komprimierter Lagerhaltung und computergesteuerter Distribution erübrigt. Auch Reinigungs- und Reparaturdienste aller Art hat die Robotik übernommen. Der herkömmliche Unterricht und mit ihm der Lehrberuf ist fast zur Gänze, von wenigen Anwendungskursen in Spezialgebieten abgesehen, den digitalen Uploads gewichen, die sich mittlerweile weitgehend automatisch aus dem neu hinzukommenden Wissen generieren und von einer aus wenigen Personen bestehenden sogenannten Fachredaktion mithilfe spezieller Software auf etwaige Fehler oder Unstimmigkeiten geprüft werden. Übersetzerinnen und Dolmetscher sind angesichts der zerebral hochgeladenen Sprachenvielfalt und der perfektionierten Translationssoftware ebenso überflüssig geworden wie Verleger, Buchhändlerinnen und Bibliothekare, da es das Buch in seiner materiellen Form nur noch als seltenes Archivobjekt gibt. Mit den Künstlerinnen, den Malern und Skulpturisten, den Musikerinnen und Schriftstellern verhält es sich ähnlich; es scheint, als taumelten sie, über weite Strecken ausgestochen von künstlichen Intelligenzen, ihrem eigenen, aus dem Rahmen gesellschaftlicher Wertschätzung gefallenen Schaffen hinterher, um sich in einen namenlosen Abgrund zu stürzen wie die Lemminge. Selbst die Behörde besteht nur noch an ihren Rändern, in wenigen Vorzeigepositionen, aus echten Menschen, in ihrem Kern hingegen aus Großrechnern, lern- und handlungsfähiger künstlicher Intelligenz und Algorithmen.

Unverzichtbar wie Luis sind nur einige Wenige, neben den Agrartechnikern natürlich vor allem Informatiker, die das Humanareal administrieren, seine Datenflüsse verwalten, den künstlichen Intelligenzen zuarbeiten, die digitalen Bibliotheken betreuen und riesige Drucker bedienen, damit sie neue Wandpaneele und Dachplatten und allerlei sonstige Bauteile gebären, die das Humanareal für seinen Fortbestand benötigt. Auch Ärztinnen gibt es da und dort, vor allem Zahnärzte wie eh und je, Neurochirurginnen und ein paar unvermeidliche Urologen; ihnen allen hat man das vollständige Wissen um jeden Winkel ihrer körperlichen Zuständigkeitsbezirke hochgeladen. Seltsam entmachtet, wie ferngesteuert von der Wissensfülle ihrer Zerebralspeicher, gehen sie ihren Diagnose- und Operationsrobotern zur Hand, wenn im Splittern der Knochen, im Wuchern der Tumore, im Wachstum der Gallen- und Nierensteine, im Alarmschrillen der Nervensysteme jene unkalkulierbaren Regelwidrigkeiten auftreten, die der menschlichen Biomasse nicht auszutreiben sind und die den automatisierten Behandlungsabläufen mitunter immer noch Grenzen setzen. Zähne, Ausscheidungsorgane, Geburtsvorgänge und gewisse Sperrbezirke des zentralen Nervensystems, damit sind in etwa die letzten Widerstandsnester einer alten, schmerzerprobten Biologie benannt, die nur bedingt mit Maschinen kooperieren will.

Und dann gibt es noch jene, die uns jenseits der körperlichen Leiden durch den Dschungel unserer Nöte begleiten. Seelenklempner gibt es, die unsere wunden Seelen hätscheln und unsere Zerrüttungen zurechtrücken sollen, Pharmazeutinnen und Drogisten in ihren Laboren; das Servierpersonal in den Freizeitkuppeln gibt es, angehalten zu Wohlwollen und größter Fürsorglichkeit; Prostituierte jeden Geschlechts und jeder Neigung gibt es, die.sich der intimen Bedürfnisse der Alleingebliebenen annehmen, wenn diese nicht durch das Summen ihrer Kontaktgadgets zusammenfinden. Sie alle versorgen uns derangierte Existenzen dort mit ihrer Zuwendung, wo Robotik, künstliche Intelligenz und virtuelle Ersatzwelten nicht ausreichen, sie lindern unsere körperlichen Schmerzen, unsere Depressionen, Phobien und Neurosen, unsere Einsamkeit und unser tierisches Begehren, indem sie uns Erwiderung vorspiegeln; der Trostlosigkeit haben sie freilich nichts entgegenzusetzen. Dass es forschende Schreiberlinge wie mich und Diskursführerinnen wie Lea geben darf, wird in diesem Zusammenhang verständlich – auch wir sind Illusionsträger, wie es die Prostituierten sind, Hilfspersonal einer fahlen Propaganda, die Hoffnung suggeriert, wo sie in Wahrheit längst nicht mehr besteht.

Dies und das gibt es also noch, die ruinösen Reste früheren beruflichen und kulturellen Lebens. Kaum jemand weiß noch, welche Vielfalt der Tätigkeiten und Ziele, Begeisterungen und Erwartungen unter acht Milliarden Menschen einst bestand. Die Kenntnis darüber ist in Form dürrer Auflistungen in entlegenen Unterordnern unseres digitalen Wissens abgespeichert, die niemanden interessieren. Achselzuckend, aber nicht gleichgültig denke ich daran: Niemand spielt mehr Bachs Ciaconna. Von den Violinen der berühmten Geigenbauschulen Guarneri und Stradivari ist keine einzige mehr erhalten, zumindest nicht in unserem Humanareal.

14 das Lachen

Ich trete vor das Waschbecken, sehe mich im Spiegel auf mich zukommen. Meine wöchentliche Wasserration habe ich noch kaum angetastet, jetzt werfe ich mir eine Handvoll davon ins Gesicht. Als ich mich aufrichte, ist mir der Mann, in dessen Augenbrauen glitzernde Tropfen hängen, weitgehend unbekannt; allein die Tropfen meine ich wiederzuerkennen, da ich die erfrischende Wirkung des Wassers noch spüre. Eine flüchtige Grußbekanntschaft, mehr ist es nicht, was mich mit mir verbindet. Ich sehe Züge in diesem Gesicht, die mich befremden, senkrecht eingegrabene Linien: zwei Falten auf der Stirn, Kerben neben den Nasenflügeln. Räudigen Bartwuchs, unschön wechselnd zwischen dunklen und grauen Partien. Und das Kopfhaar: die sichtbare Verlängerung wirrer Gedanken. Auch der Kopf ist nur ein Ding, eines von vielen. Das Gehirn darin kann sich nie im Spiegel betrachten. Ich lache lauthals auf. Was für ein Gedanke, was für ein Geräusch! Wer ist dieses Ich, das solche Laute von sich gibt? Das Pronomen der ersten Person Singular ist eine seltsame Zuschreibung, ein Spitzname, den das blinde Gehirn sich irgendwann selbst gegeben hat. Der Plural, dieses Wir mit Lea, hatte mehr Überzeugungskraft. Wenn Lea neben mir vor dem Spiegel stand, war ich mir vertrauter und sie mir am vertrautesten.

Einiges ist abgearbeitet, der Text zieht seine Kreise allmählich enger. Es sind lange Arbeitstage, halb durchwachte Nächte mit einigen Stunden unruhigen Schlafs. Immer wieder erscheint diese übergroße Bernadette und redet auf mich ein, ermahnt mich zu Ruhepausen, zur Regeneration meiner kreativen Kräfte. Ich weiß in Wahrheit nicht, wer sie ist und was sie als ihre Aufgabe betrachtet. Ob sie hier für den schonenden Umgang mit den Humanressourcen zuständig sei, habe ich sie gefragt, worauf sie bloß gelacht hat. Jetzt ist es wieder so weit, ich sollte schlafen, mich um Schlaf bemühen, die Voraussetzungen dafür schaffen, dass an Schlaf überhaupt zu denken ist; gleichzeitig soll ich, um schlafen zu können, mein Denken loslassen. Schlaf zu erlangen, erscheint mir plötzlich als unlösbare Aufgabe, als Quadratur des Kreises. In jedem Fall wird die Trauer mich einholen, sobald ich mich hinlege. Lea wird mir fehlen, die vor dem Einschlafen immer meinen Nacken küsste.

Schreibend bin ich auf der Flucht vor meiner Trauer, das ist mir bewusst. Sie sitzt mir schwer im Nacken, sie peitscht mich voran durch allerlei Schilderungen und Überlegungen; zu schreiben, nimmt mir die Last von den Schultern, lädt sie um auf die breiten Schultern der Welt. Das erscheint mir nur gerecht. Warum sollte ich alleine ein Leid tragen, das größer ist als ich selbst? Der Tod ist weder gerecht noch fair. Der Tod ist auch weder ungerecht noch unfair. Er ist nichts; Gelächter prallt an ihm ab, wird gegenstandslos wie er selbst. Worte werden nie gegenstandslos, sie bleiben immerhin Wörter und sind als solche selbst Gegenstände. Ich schalte die Tastatur aus und die Diktatfunktion ein. Der Computer wird niederschreiben, was ich ausspreche, nicht aber das, was ich denke und für mich behalte. Das funktioniert gut und erspart viel Arbeit. Der Arbeitsmodus des Gedankenmemos ist mir hingegen zu mühsam. Man könnte ihn für zweckmäßig halten, weil er die elektrischen Aktionspotenziale der Gedanken ohne weitere Umwege direkt aus dem Gehirn ausliest, doch häuft er dabei allzu viel unbrauchbares Textmaterial an, das mehr Arbeit verursacht, als es erspart. Im Diktatmodus kann ich in Ruhe nachdenken und dann sagen, was ich zu sagen habe, Satz für Satz meinen Aufzeichnungen hinzufügen, bis ich einschlafe.

Leas Krebs war mehr als eine persönliche Krankheit, für mich war er die Krankheit der Welt, weil Lea meine Welt war. Wäre es anders, eine private Angelegenheit, würde ich nicht davon berichten, sondern meine Erinnerungen für mich behalten. Der Krebs war an mehreren Hautstellen gleichzeitig ausgebrochen und trotz wiederholter Operationen unaufhaltsam in die Tiefe gewachsen, hatte binnen kürzester Zeit Lymphknoten, Lunge, Leber, Knochen und Gehirn befallen. Ich saß an Leas Bett und betrachtete fassungslos die täglichen Bilder ihres Verfalls, die sich zu einem Film aneinanderreihten. Es war, als hätte ein Wettrennen begonnen, wo in Leas Körper der Krebs zuerst über die Ziellinie des Todes käme, eine Rallye durch die Landschaft ihrer Organe, die bald auf ähnliche Weise verwüstet war wie jene vor dem Fenster. Wie ich Tag für Tag neben Lea saß und nichts für sie tun konnte, schien mir manchmal ich selbst es zu sein, der sie quälte, so schwer empfand ich meine Ohnmacht, ihre Qual zu lindern. Später fragte ich die Ärzte nicht, in welchem Organ der Krebs das Rennen gewonnen hatte.

»Sterben, rasch sterben«, murmelte, stammelte, schrie Lea oft und oft, als der Krebs sie dem Tod in die Arme trieb und die Schmerzen, zusammen mit den Medikamenten zu ihrer Linderung, ihr bereits den Verstand vernebelten. Der Satz schien in ihr immer lauter zu werden, auch in meinen Ohren wurde er immer lauter, bis ich zuletzt schon meinte, ihn hören zu können, wenn ich das Krankenzimmer betrat, in dem Lea nur noch stumm und schweißnass dalag, ihr Blick so matt in ihr Gesicht zurückgesunken wie ihr Kopf in das Kissen. Es klang sonderbar, fast mechanisch, wenn sie diesen Satz aussprach, nicht wie der Sterbewunsch eines Menschen, den das Leid zermürbt hat, und auch nicht so überzeugend lebendig, wie selbst jetzt noch, auf dem Sterbebett, alles andere klang, was sie mir mit schwacher Stimme zuflüsterte. Ich brauchte eine Weile, um zu begreifen: »Rasch sterben« war ein Imperativ. Etwas, das nicht Lea war, etwas Anonymes sprach diesen Befehl aus. Etwas brach beharrlich und unaufhaltsam ihren Widerstand gegen das Sterben.

Dass das so war und was es bedeutete, verstand ich erst nach ihrem Tod, als meine Gedanken nicht zur Ruhe kamen. Der Satz war aus Leas Zerebralspeicher gekommen. Man hat uns allen diesen Sterbewillen einprogrammiert für den Fall, dass unser Vitalitätsindex unter einen kritischen Wert absinkt. Früher wollte man die Menschen nicht gehen lassen und schloss sie manchmal jahrelang an lebenserhaltende Maschinen an, heute kann man sie nicht früh genug loswerden. Das Sterberecht, das frühere Generationen erkämpft haben, das Recht auf einen selbstbestimmten Tod, ist zur Sterbeverpflichtung, zum Sterbebefehl geworden. Das Syndrom der Überflüssigkeit spitzt sich zu, es meint nicht nur Entbehrlichkeit, sondern auch die Tatsache, dass die Algorithmen, die wir selbst geschaffen haben, uns abschreiben, sobald wir mit erhöhtem Pflegebedarf dem System zur Last fallen. Das ähnelt den Deportationen in die Tundren des Nordens, nur dass es an Ort und Stelle stattfindet.

Es reicht. Ich will solche Sätze nicht mehr diktieren, ich will sie nicht mehr denken. Jener Imperativ, der Leas Widerstand gebrochen hat, hat dasselbe ein Stück weit mir mir gemacht. An jenem Tag, als man mir mitteilte, dass Lea morgens nicht mehr aufgewacht sei, ist auch in mir etwas gestorben. Es ist, als hätte ich die Wüste verinnerlicht. Einer widersinnigen Laune folgend, lache ich kurz auf, um herauszufinden, was der Diktatmodus damit anfängt, ob er es als »Lachen« notiert oder es transkribiert, als hahaha vielleicht oder als tonlos heiseres h-h-h-, oder ob er es ignoriert wie andere semantikfreie Nebengeräusche, Räuspern oder Niesen etwa. Lachen als Nebengeräusch des Menschseins, das gefällt mir. Gelächter in der Wüste. Ich überlege, diesen Gedanken noch auszusprechen, um ihn dem Diktat hinzuzufügen. Dann schlafe ich ein.

15 der Traum (1)

Ich liege auf dem Wüstenboden, den nackten Rücken im Sand schaue ich in den Himmel. Lea liegt neben mir, als wären wir rücklings fliegende Vögel. Über uns ziehen, wie es einst jeden Herbst geschah, in großer Höhe die Kormorane südwärts. Schau, eine Reise, sage ich zu Lea, eine Zeitreise. Stumm bewegt sich die langgezogene, etwas unregelmäßige V-Formation über den zitronengelben Himmel, zweihundert schwarze Vögel halten auf zweihundert Windräder zu. Durch ein starkes Fernglas sehe ich, wie ein Kormoran nach dem anderen in sein ganz persönliches Windrad gerät, so die ein wenig lächerliche Deutung meines Traums im Traum; träumend schüttle ich den Kopf. Die meisten Kormorane werden also von den Rotorblättern getroffen, gehäckselt, zu Boden geschlagen. Ein Festmahl für die Wüstenfüchse, sage ich zu Lea. Ein einziger Vogel kommt irgendwie davon und verwandelt sich, schwarz bleibt schwarz, in jenen einsamen Wüstenraben, der Lea schon bald vorausgeflogen sein wird. »Wir alle«, sage ich, »jeder und jede Einzelne von uns –«, aber ich spreche den Satz nicht fertig, habe seine Fortsetzung vergessen oder nie gekannt. Dann ist Lea fort, rings um mich ist nur Sand und der völlig leere Himmel, dessen Vakuum mich aus dem Schlaf ins Erwachen zieht. Ich liege lange wach, ehe ich weiterschlafen kann, traumlos diesmal.

16 der Kern

Am nächsten Morgen lese ich, was der Computer zuletzt aufgezeichnet hat: »Nichtwörtliches Transkript: todtrauriges Gelächter«, steht da. Ich nicke überrascht und lese in der nächsten Zeile: »Keine weitere Ansage seit 15 Minuten. Diktatfunktion deaktiviert.« Sie soll es bleiben, denke ich mir, heute überlasse ich mich meinen persönlichen Erinnerungen, die in meinen Aufzeichnungen nichts verloren haben, lasse sie kommen und gehen, wie Lea in mein Leben gekommen und wieder gegangen ist. Wir haben einander die Geschichte unseres Kennenlernens einige Male erzählt, wie wahrscheinlich die meisten Paare es tun, wobei Leas Erzählung von der meinen und meine von der ihren stets ein wenig abwich, sodass sich unsere Versionen nicht gerade ausschlossen, aber doch verschiedene Färbungen aufwiesen. Lea hatte mich erkannt, ich sie, das war nicht dasselbe.

Als wir uns kennenlernten, war Lea für einige Wochen meine Kollegin am Institut für Vergangenheitsforschung, an dem ich damals tätig war – in der Streichholzschachtel, wie das Institut im Jargon seiner Beschäftigten spöttisch genannt wird, weil die wissenschaftlichen Projektteams dort mit roten Köpfen dicht an dicht arbeiten und nur allzu rasch verglühen. Kollegin ist allerdings nicht das richtige Wort für die Stellung, die Lea innehatte. Als Bewohnerin der Metaebene war sie in der Wissenschaftstheorie, in der Methodologie zu Hause; Wissenschaft war ihr nicht genug, es musste die Wissenschaft von der Wissenschaft sein, so wie mir später ihre Liebe nicht bloß als Liebe erklärlich war, sondern auch Liebe zur Liebe sein musste. Sie evaluierte und optimierte, so die offizielle Version ihres Auftrags, die Begriffe, Konzepte und Verfahrensweisen unserer Arbeit, so wie sie es zuvor schon an Instituten anderer Fachrichtungen gemacht hatte. Inoffiziell war freilich klar, dass diese Tätigkeit auch auf ein personenbezogenes Controlling hinauslief; kurz gesagt, sie schaute uns allen genau auf die Finger. Trotz der nicht gerade sympathischen Rolle, die sie damit einnahm, gefiel sie mir sofort, wie einem eine bestechend intelligente, zierliche, weißblonde junge Frau mit hell aufblitzenden Augen, pastelligem Teint, weichem Klang ihrer Stimme und, beim Sprechen sichtbar, einer schmalen Lücke zwischen den oberen Schneidezähnen eben gefallen kann. Doch ergaben sich zu jener Zeit keine Berührungspunkte; nur gelegentlich und flüchtig kreuzten sich unsere Wege in der stickigen Kaffeeküche, auf den engen Institutsgängen oder bei Meetings. Außerdem hatte sie, zumindest vermutete ich das, damals eine Affäre mit ihrem persönlichen Assistenten, einem selbstbewussten Alphamännchen, dem jeden Nachmittag der bläuliche Bartschatten im Gesicht stand. Ich hatte einmal gesehen, wie sich die beiden in die hinteren Archivräume zurückzogen, die für ihren beruflichen Auftrag wohl kaum bedeutsam sein konnten. Für einen Moment war ich versucht gewesen, ihnen zu folgen, als hätte auch ich dort im Archiv zu tun, ließ es dann aber sein.

An unserem Institut war Lea mit ihrer Arbeit rasch fertig. Das methodische Rüstzeug der Vergangenheitsforschung, das sie hier zu überprüfen hatte, war verglichen mit demjenigen der großen, überlebensrelevanten Fachrichtungen, etwa der Biogenetik und Agrartechnologie, der Astrophysik und der Raumfahrtsentwicklung, wenig umfangreich, und unser Team war ebenfalls sehr überschaubar. Lea legte einen glänzenden Abschlussbericht vor, der unsere Forschungsrichtung auf ein völlig neues Niveau heben sollte. Von einem Personaldossier, jenem Ergebnis ihres Controllings, das uns wohl am direktesten treffen konnte, erfuhren wir erwartungsgemäß nichts. Noch vor Abschluss ihrer Arbeit an unserem Institut bewarb Lea sich mit Erfolg um einen Job als Beraterin und Diskursführerin einer Koordinationsstelle, die zwischen der Grundlagenforschung sämtlicher Institute und den gesellschaftlichen und praktischen Zielfindungsprozessen der Überlebensbehörde vermittelte. Damit würde sie noch höher als bisher über den primären Abläufen stehen und mit ihrer schmucken Zahnlücke auf Entscheidungsvorgänge herablächeln, die Menschen wie ich nur aus der Froschperspektive kennen. Lea machte also bereits in jungen Jahren eine steile Karriere und war mir beruflich meilenweit voraus.

Meine Partnerin und Geliebte wurde Lea gewissermaßen im letzten Moment. Sie war noch einmal in die Streichholzschachtel zurückgekehrt, um uns in einem Workshop ihre Ergebnisse so zu vermitteln, dass sie praxisgerecht in die künftige Arbeit einfließen konnten. Sie erörterte, daran erinnere ich mich, das vermeintliche Paradox der flexiblen Standardisierung; durch sie – das habe man bereits vor Jahrhunderten erkannt und benannt, aber nie in letzter Konsequenz umgesetzt – würden Abweichungen von der Norm in den Fokus gerückt und rasch entweder als zu behebender Mangel oder aber als vielversprechende Neuerung, gewissermaßen als Mutation im Erbgut unserer Arbeitswelt, erkannt. Grundsätzlich schlage sie vor, das Konzept des Fehlers neu zu bewerten, denn dieser, sei es als kreativer Irrtum oder als mutwilliger Regelbruch, sei oft genug die Keimzelle der Innovation, ja des Paradigmenwechsels. Ich hatte zunehmend Schwierigkeiten, ihren Ausführungen zu folgen, sah bald nur noch ihren fein geschwungenen Lippen zu, wie sie gleichsam pantomimisch Wort für Wort formten, hörte ihre Stimme, wie man eine ferne Begleitmusik hört, die frei von Semantik und doch voller Bedeutung ist. »Das heißt aber nicht, Leonard«, sprach sie mich genau in diesem Moment direkt an, sodass ich aufschrak und mich ertappt fühlte wie ein kleiner Junge, »das heißt aber nicht«, wiederholte sie lächelnd, »dass man die bewährte Struktur, die anerkannte Methodologie von Anfang an vernachlässigen darf, ganz im Gegenteil, denn jener Fehler, der aus einer bloßen Nichterfüllung von Standards entsteht, aus Nachlässigkeit oder Unvermögen, ist ganz anders zu bewerten als der innovative, der sich aus einer dynamischen Überschreitung der Systemgrenzen ergibt.« Der eine, fuhr sie fort, mache die bisherige Arbeit unter Umständen wertlos, der andere werte sie auf, indem er sie hinter sich lasse, sie gewissermaßen transzendiere. So könne, nun wurde Lea in ihrer Rhetorik ein wenig pathetisch, der Fehler sich mitunter als entscheidende Sprosse auf der Leiter der Erkenntnis erweisen. Später sprach sie von der zunehmenden Bedeutung des Stockdale-Paradoxons, der Fähigkeit, niederschmetternden Tatsachen geradewegs ins Auge zu sehen und dennoch, oder gerade deshalb, unbeirrbar an dem Glauben an positive Ziele festzuhalten. Mehr habe ich mir von ihrem Vortrag nicht gemerkt.

Nach dem Workshop ergab es sich wie von selbst, dass wir in einem Vieraugengespräch im doppelten Wortsinn aneinandergerieten, zuerst nämlich beinahe im Streit über meinen gedankenverlorenen Zustand – noch nie, empörte sich Lea oder tat zumindest so, und dabei sah ich sie leicht erröten, habe sie bei einem ihrer Workshops einen derart offensichtlich vor sich hinträumenden Teilnehmer erlebt –, dann aber in schlagartig anwachsender Nähe, Vertrautheit, ja Intimität, noch ehe wir einander auch nur mit einer Fingerspitze berührt hatten.

Was den Ausschlag für diese überraschende Wendung gab, ob es mein schuldbewusstes Lächeln war, das ihre Vorhaltungen erwiderte, meine launige, mich selbst am meisten überraschende Bemerkung, mit der ich ihre Formulierung vom kreativen Regelbruch lobte und einen ebensolchen für mich beanspruchte (denn ein Regelbruch voller Schönheit war es in der Tat gewesen, mich derart in die Musik ihrer Anwesenheit hineingeträumt zu haben), oder ob Lea sich zu diesem Zeitpunkt bewusst oder unbewusst längst für mich entschieden hatte, vermag ich nicht zu sagen.

Lea wurde zum Kern meiner Lebensfreude, ihr Tod meine Kernschmelze. Warum sie sich mit ihrer an Genialität grenzenden Intelligenz und ihrem souveränen Wesen einem durchschnittlich talentierten, in mancherlei Skrupeln und Ängsten verfangenen Mann wie mir zuwandte, bleibt mir ein Rätsel. Einmal darauf angesprochen, meinte sie nur, ich solle mir darüber nicht den Kopf zerbrechen, sie liebe an mir den ganz gewöhnlichen, ein wenig gestrigen Mann und Liebhaber alter Schule. Mit solchen Aussagen konnte sie mich einigermaßen verwirren; ich wusste nicht recht, ob ich Gewöhnlichkeit und Gestrigkeit unbedingt zu meinen Eigenschaften gezählt wissen wollte, ebenso wenig war mir klar, was nun einen Liebhaber neuer Schule ausmachte und ob ihr blauwangiger Mitarbeiter ein solcher gewesen war. Vielleicht hatte sie sich an ihm die Finger verbrannt. Ich nahm Lea wortlos in die Arme und küsste sie filmreif. Ganz die alte Schule, flüsterte ich in ihr Ohr.

17 das Unkraut

Seit beinahe einer Stunde stehe ich da und betrachte ein kleines Wunder. Auf meinem Fenstersims wachsen einige zarte Pflänzchen in zwei flachen Tonschalen: Breitwegerich, Vogelknöterich und Weidelgras. Dass sie diese Namen haben, macht sie zu Persönlichkeiten und zugleich zu würdigen Vertretern ihrer Art. Zwischen den Schalen steht Leas Bild. Ich habe mir die Pflanzen von Luis aus einer der neu errichteten Agrarhallen mitbringen lassen. »Das bekannte Wüstenphänomen«, hatte er nachdenklich gemeint, als er mir vor einigen Tagen von der Inbetriebnahme der Bewässerungsanlage erzählte, »nach Jahren fällt erstmals wieder Wasser auf den Staub, und schon fängt etwas zu leben an. Also kann es nicht ganz tot gewesen sein.« Das war mein Stichwort: nicht ganz tot. Es war nicht alles tot, nicht alles Tod. Es gab noch Leben.

Als ich ihm meine Bitte vortrug, verstand Luis sofort, warum ich die Pflanzen haben musste. »Bring mir das Erstbeste, was dort aus dem Boden wächst«, sagte ich, »etwas, das in vitaler Pflanzlichkeit, ohne jedes … sagen wir: Problembewusstsein, ohne Krisengefühl einfach nur wie eh und je dem Licht entgegenwächst. Ich brauche das für meine Arbeit – etwas Unkompliziertes, Hoffnungsvolles.« »Ja, sicher«, meinte Luis, »etwas von dem Grünzeug kann ich schon für dich beiseiteschaffen. Die chemische Keule macht es sonst ohnehin zunichte. Und ich werde«, fügte er lächelnd hinzu, »dir zuliebe Pflanzen auswählen, die den Problemen der Welt entspannt begegnen, in Ordnung?« Ein wenig später fügte er noch hinzu: »Allerdings – auch die Pflanzen kämpfen ihren Kampf, und die meisten verlieren ihn, wie du weißt. Der Klimastress macht ja längst nicht nur uns zweibeinigen Gewächsen zu schaffen.«

Gestern hat Luis mir nun tatsächlich meine neuen Mitbewohner gebracht. Als er am Abend vor meiner Tür stand, noch in seiner Arbeitskleidung, einem thermoisolierten Schutzoverall mit integriertem Kühlaggregat auf dem Rücken, sah er aus wie eine seltsame Schildkröte. »Da hast du dein Unkraut«, meinte er nur, als er drei Laborröhrchen, in denen Pflanzenkeimlinge steckten, aus der Brusttasche zog und sie mir, zusammen mit einem Säckchen Erde, mit einer fast unwilligen Geste reichte. »Von mir hast du sie nicht bekommen, damit das klar ist.« Das war nicht der Luis, den ich kannte; sein Unmut war gewiss der Nervosität wegen des unerlaubten Imports und vielleicht auch der Erschöpfung nach einem Arbeitstag in der Hitze geschuldet. Seine große, kräftige Gestalt, Luis ist fast einen Kopf größer als ich, wirkte in diesem Moment gebeugt und zerbrechlich. Die trotz des Schutzanzugs kaum erträglichen Temperaturen dort draußen, die herbizidgetränkte Luft der Agrarhallen, dazu noch anstrengende Montagearbeiten in der neu eingerichteten Halle, das konnte einen ausgewachsenen Mann gewiss an seine Grenzen bringen. »Klar«, erwiderte ich, »nicht von dir also – aber danken möchte ich dir trotzdem.« Luis nickte und sagte nichts, aber die Freundlichkeit war in sein Gesicht zurückgekehrt.

Jetzt stehe ich da, betrachte staunend das zarte Grün und denke an Luis. Er ist ein kluger und stiller Mann meines Alters, der in meiner Nachbarschaft wohnt. Manchmal kommt er abends herüber, um einige Levels der neuesten Spiele zur Wissensmobilisierung mit mir durchzugehen. Er sagt, bei mir sei es gemütlicher als in seiner Wohnzelle, das Fenster mache selbst dann, wenn es draußen schon finster und die Tiefe der

Landschaft nur vage im Sternenlicht zu erahnen sei, einen großen Unterschied. Man trifft sich zu den Aktivierungsspielen, wie sich die alten Römer in ihren Gemeinschaftstoiletten trafen: zur Verrichtung des Unumgänglichen in geselligem Rahmen. Obwohl die Daten, die man Luis und mir als jahrgangsgleichen Jugendlichen einst hochgeladen hat, sicherlich übereinstimmten, sind doch völlig verschiedene Menschen aus uns geworden, was nicht zuletzt in den Ergänzungsuploads begründet ist, die wir im Lauf der Jahre in Hinblick auf unsere Interessen und Berufsziele bekommen haben. Was für ein sonderbarer Gedanke, dass der vertiefende Wissenserwerb, der heute mit dem digitalen Datentransfer so rasch erledigt wird, früher jahrelange Studien oder Ausbildungen erfordert hat. Indem wir spielen, aktivieren wir die hochgeladenen Wissensinhalte in den erweiterten Ganglienspeichern und machen sie für künftige Verknüpfungen verfügbar. Natürlich ist es fast immer so, dass Luis die Aufgaben technischen oder naturwissenschaftlichen Inhalts erfolgreicher löst und ich die humanwissenschaftlichen; wer von uns den Tagessieg für den größten Aktivierungserfolg und damit die vom System bereitgestellten Bonuspunkte einfährt, hängt vor allem davon ab, welche Anteile am Spiel diese Aufgabentypen einnehmen. Aber um den Sieg geht es uns gar nicht so sehr, denn wir lernen beide gerade auch das gerne dazu, was nicht unserer persönlichen Konfiguration entspricht, um so unseren Horizont zu erweitern und miteinander ins Gespräch zu kommen. Luis redet allerdings wenig, kaum jemals mehr als zwei, drei Sätze am Stück. Er lässt seine Assoziationen niemals ausufern, sondern überlegt genau und ökonomisch, was er zu einem Thema sagen möchte; so macht er sich auf seine Weise zu einem guten Gesprächspartner. Ich habe gelernt, Luis bei der gemeinsamen Beschäftigung mit den Spielen nicht mit akademischem Hintergrundrauschen zu langweilen.

Ich betrachte meine kleinen Pflanzen, die man in ihrer je eigenen unscheinbaren Gestalt durchaus hübsch nennen kann. Die schlanken, zweizeiligen Ähren, die über die Grashorste hinausragen, bewegen sich ein wenig im Luftzug der Klimaanlage, während die breit löffelförmigen, etwas dicklichen Blätter des Wegerichs und die kriechenden Stängel des Vogelknöterichs mit ihren elliptischen Blättchen reglos der Erde aufliegen oder knapp über ihr zu schweben scheinen. Für Momente bilde ich mir ein, beim Atmen den Sauerstoff zu schmecken, den die Pflanzen freisetzen, während sie mithilfe des Sonnenlichts, das durch die Scheiben hereinfällt, den Zucker herstellen, den sie zum Leben brauchen. Nicht jeder, denke ich, kann sich das eigene Leben versüßen, wie sie es tun. Für die Agrarfachleute mögen diese Gewächse Wasserdiebe sein, die die Produktivität der Plantagen schmälern; kein Wunder, dass Luis immer wieder geringschätzig von Unkraut spricht. »Für mich«, hielt ich ihm entgegen, während ich die Röhrchen öffnete, die Pflanzen herausnahm und die Erde aus dem Beutel vorsichtig in zwei Schalen schüttete, »sind das Zeugen des Lebens, wie es früher einmal war. Genau deshalb will ich die Pflanzen neben Leas Bild stellen.« Luis sah mich ernst an. »Es war mir schon klar, dass es hier nicht um deine Arbeit geht, Leonard«, meinte er. »Auch ich könnte Verluste beklagen wie wohl jeder von uns, aber weißt du, das bringt nichts.« Und nach einer Pause, wie er sie immer nach zwei oder drei Sätzen einlegt: »Eines lass dir noch sagen, mein Freund: Wenn du hier das Unkraut zu Altarfiguren stilisierst, ist das, mit Verlaub, Ökokitsch. Deine Erinnerung an Lea hat so ein Brimborium nicht nötig, sie bleibt auch so in dir lebendig.« Das waren Sätze, wie ich sie von Luis noch nie gehört hatte. Nun war ich an der Reihe, wortlos zu nicken. Und jetzt, während ich mich daran erinnere, nicke ich wieder. In meinen Aufzeichnungen werde ich die Pflanzen nicht erwähnen, sonst bekommt Luis noch Schwierigkeiten.

18 der Traum (2)

Als ich später kurz einnicke, träume ich, ein Abitur im Fach Mathematik ablegen zu müssen. Ich bin verwundert und überrascht, denn der Blitz, diese Reifeprüfung unserer Tage, hat mich längst getroffen, ich bin erwachsen, stehe im Berufsleben und sitze nun doch hier wie ein Schuljunge. Neben mir sehe ich hundert andere Frauen und Männer in einem langen Korridor, jede und jeder über ein eigenes, etwas zu kleines Schulpult gebeugt. Wir können einander zulächeln, aber keine Informationen austauschen. Ich bin meine eigene Insel des Wissens und des Nichtwissens. Ein kleiner Leuchtturm, eine Spielzeugskulptur aus Plastik, steht vor mir, eine Leuchtröhre flackert über mir. Ich fühle die feuchten Handflächen, den Angstschweiß in meinem Nacken. Die Aufgabe ist seltsam: Ich muss eine Hyperbel mit Pflanzennamen beschriften und den humusreichen Wurzelraum berechnen, der unterhalb der Kurve liegt. Die Pflanzennamen fallen mir ein, sowohl die Trivialnamen als auch die wissenschaftliche Nomenklatur, aber die Rechnung will mir nicht gelingen. Ich wundere mich im Traum darüber, dass hochgeladenes Wissen in dieser Weise abgeprüft wird wie im historischen Schulunterricht. Dann wird mir klar, dass ich vergessen habe, jenen Upload zu aktivieren, mit dem mir die Integralrechnung vermittelt wurde. Mea culpa, denke ich in Schullatein, oder ist es Kirchenlatein. Ich sehe Luis neben mir, der die Lösungen ohne zu zögern auf ein kariertes Blatt Papier niederschreibt. Ein Blatt Papier! In welches Jahrhundert habe ich mich da bloß zurückgeträumt. Als ich erwache, bin ich zuerst erleichtert. Dann kehren die Zweifel zurück, ob ich meine tatsächliche Aufgabe besser bewältigen kann. Ich muss schreiben, weiterschreiben. Ich muss meine Prüfung bestehen.

19 die Randnotiz

Das war das Anthropozän: das Zeitalter der entgrenzten Hoffnungen. In einem Zusammenspiel von Naivität und Selbstverliebtheit erwartete man wie selbstverständlich das Beste für sich und die nachfolgenden Generationen und tauchte düsteren Vorzeichen zum Trotz die Vorausschau des Möglichen in ein rosarotes Licht. Wer vor Gefahren warnte, lieferte damit nur den Kontrast, vor dem sich die Glücksversion, die Glücksvision umso leuchtender und realer ausnahm. Und während man ringsum einem drastischen Artenschwund zusah, der wie ein Flächenbrand über die Biosphäre hinwegzog, schien die Erde ohne unsere Spezies, ohne diese eine Spezies Homo sapiens, geradezu undenkbar. Denn der Gedanke an die eigene Abwesenheit ist ähnlich schwierig zu denken wie jener an das Nichts.

Die heutige Realität sieht freilich anders aus. Jene Abwesenheit, jenes Nichts ist bedrohlich nahe gerückt. Sieben oder acht Generationen, so die neuesten Berechnungen, können wir noch durchhalten, ehe das Bioklima der Humanareale zusammenbricht; wenn man die notgedrungene Beschleunigung des technischen Fortschritts wohlwollend berücksichtigt, könnten es bis zu zehn Generationen sein, wenn man Rückkoppelungseffekte und zufällige Ereignisse pessimistisch einschätzt, vielleicht nur fünf oder sechs. Dann aber, in historischen Zeiträumen gedacht bloß ein Fingerschnippen nach heute, endet unsere Perspektive in makabren Szenarien, über die niemand laut nachdenken will. Die Deportierten in den Sammellagern der Polarregion wird es rascher treffen, die hochtechnisierten Humanareale genießen ein wenig Aufschub. Aber allzu groß werden die Unterschiede nicht sein; vor dem Tod, heißt es, sind alle gleich, auch wenn, wie es immer schon war, das Sterben manchen leichter gemacht werden wird als anderen. Verglühende Menschenleiber in zu Backöfen gewordenen Wohnkomplexen – das erinnert an jene Toten in den Ruinen des antiken Pompeji, in deren Schädeln man zu Glas geschmolzene Gehirne fand.

Das ist in der Tat keine Zukunft, auf die sich noch bauen ließe. Ich indessen bin Vergangenheitsforscher, also etwa das, was man früher einen Historiker oder historischen Anthropologen nannte. Es ist das Dilemma der heutigen Geschichtsforschung, dass von einer lebendigen Historie, die sich aus der Vergangenheit in eine Zukunft fortschreibt, heute keine Rede mehr sein kann. Historiker seien rückwärts gewandte Propheten, notierte jemand; das setzt die Möglichkeit einer vorausschauenden Prophetie voraus. Geschichte als Sackgasse, deren blindes Ende vor uns steht, passt nicht in dieses Konzept. Der Engel der Geschichte, mit entsetzt geweiteten Augen und hängender Kinnlade, hat seinen ratlosen, rastlosen Blick der Vergangenheit zugewandt. Schaute er nach vorne, müsste sein Blick gegen eine Feuerwand prallen, etwa so, als wäre in einem Tunnel, aus dem es keinen Fluchtweg gibt, direkt vor ihm ein Treibstofftank explodiert. Wohin er sich auch wendet, begegnet er der Zerstörung des menschlichen Antlitzes. Und ohne die Imago, die Imagination des Menschlichen verliert auch das Engelhafte seinen Ursprung und seine Legitimation. Der Engel der Geschichte ist tot wie Gott selbst.

Vergangenheit gibt es mehr als genug, ihre Waagschale zieht angesichts der Ereignisse der letzten Jahrhunderte schwer nach unten, und umso schwerer, da die Schale der Zukunft fast leer ist. Verzeihung kann es nur im Äquilibrium der Zeiten geben, wenn der Raum nach vorne offen ist für eine Geschichte, die neue Wege einschlägt und Altes hinter sich lässt, aufwiegt, vergessen macht. Ohne Zukunft wird eine Geschichte wie die unsere unverzeihlich. Was vergangen ist, ist nicht vorbei; es ist der Gegenwart, wenn schon keiner Zukunft, hinzugefügt und zugefügt. So könnte der Versuch einer Rehistorisierung unseres wunden Denkens beginnen. Dennoch bleibt die Frage: Was kann in dieser Endzeit der Geschichtsbegriff noch bedeuten? Als Bedeutung gilt nur, was in einer Zukunft, sei sie näher oder ferner, eingelöst werden kann. Ohne Zukunft keine Bedeutung, ohne Bedeutung keine Historie. So einfach ist das, so unausweichlich.

Mit solchen Überlegungen reiht sich die heutige Vergangenheitsforschung nahtlos in die selbstreflexive Tradition der Geschichtswissenschaft früherer Jahrhunderte ein. Doch die Strafe dessen, der sich sucht, ist, dass er sich findet, wie ich in meinen Recherchematerialien gelesen habe. Man müsste versuchen, eine Geistesgeschichte Europas anhand seiner Aphorismen und Bonmots zu schreiben. Ein neues Zeitalter, ob wir es nun chronologisch Postanthropozän, technikgläubig Novozän oder fatalistisch Heliozän nennen, ist angebrochen. Mit Sicherheit hatte man das Anthropozän seinerzeit nicht in der Meinung ausgerufen, dass es so rasch wieder enden würde. Man dachte in geologischen Zeiträumen und wähnte sich, als man sich auf das Datum der ersten Atombombentests als spätestmöglichen Beginn des Anthropozäns einigte, am Anfang einer Epoche und nicht an ihrem Ende, das doch jenen Tests schon deutlich genug eingeschrieben war. Jetzt ist dieses Zeitalter, mehr Randnotiz als Kapitel, beinahe schon wieder vorbei, der Showdown hat begonnen oder der Epilog, das Postskriptum. Diese Tatsache noch eine Zeit lang in Zweifel zu ziehen, schließlich aber angesichts des Offensichtlichen klein beizugeben und unsere neue Ohnmacht anzuerkennen, war im Wesentlichen der Inhalt der geschichtswissenschaftlichen Selbstfindung seit der Wende zu unserem Jahrhundert. Jetzt sind wir, wie es aussieht, auf dem Boden der Tatsachen angekommen.

20 der Punkt

Wieder habe ich allen Grund zu staunen: Aus der Erde meiner pflanzlichen Mitbewohner ist eine Mücke gestiegen. Eine Mücke! Wie Phönix aus der Asche. Als schwarzer Punkt sitzt sie nun am gewölbten Bullauge meines Fensters, schaut ins Licht und versteht das Prinzip der Glasscheibe nicht. Glaub mir, Mücke, auch ich verstehe einiges nicht, aber eines ist gewiss: Dort hinaus willst du so wenig wie ich. Wir haben draußen in der Welt nichts mehr verloren. Wir haben die Welt draußen verloren, und ja, mit ihr haben wir alles verloren, was ein Mückenleben früher ausmachte. Nun wirst du noch eine Weile hier herinnen umherirren, und ich werde dasselbe tun. Während du dich immer wieder als schwarzer Punkt an die Scheibe setzt, steht mir auch das Semikolon zu Verfügung wie ein halb geöffnetes Fenster; ein wahrhaft entscheidender Evolutionsvorsprung, meinst du nicht?

21 die Lesarten

Heute stellt nur noch eine Minderheit unbelehrbarer Realitätsverweigerer unsere Ohnmacht in Abrede und beharrt auf dem Fortbestand des Anthropozäns. Vertreter einer evolutionistischen Erzählung verharmlosen die Situation als vorübergehende Krise. So wie es oftmals Eiszeiten gegeben habe, deren ausgeprägteste das damals noch wenig entwickelte Leben auf dem sogenannten »Schneeball Erde« beinahe ausradiert hätte, seien auch Wärmeperioden nicht weiter ungewöhnlich; während des Großteils der Erdgeschichte seien die Polkappen eisfrei gewesen, wie sie es auch heute wieder sind. Der Mensch sei wie seit hunderttausenden Jahren auch weiterhin sehr gut in der Lage, mit sich verändernden Umweltbedingungen zurechtzukommen. Unsere Vorfahren hätten ganz ohne technische Hilfsmittel die jüngste Serie von Eiszeiten überlebt; hochgerüstet, wie wir heute seien, würden wir auf die eine oder andere Weise auch die Warmzeit überstehen, und unsere genetische Ausstattung werde sich, vielleicht unterstützt durch den einen oder anderen gentechnischen Eingriff, den Veränderungen anpassen. Als Beleg dafür nennen die Evolutionisten gerne den Umstand, dass aufgrund der erhöhten Sonneneinstrahlung der Anteil hellhäutiger Personen an der Weltbevölkerung bereits signifikant abgenommen habe. Mitunter kippt diese Argumentation in ein unseliges rassistisches Lamento, auf das näher einzugehen mir jede Bereitschaft fehlt. Ungeachtet solch unverzeihlicher Entgleisungen sind die Evolutionisten noch die vergleichsweise Vernünftigeren unter den Leugnern der postanthropozänen Wende. Sie haben immerhin ein einigermaßen schlüssiges Erklärungsmodell gefunden, das es ihnen ermöglicht, weiterhin in intakten historischen Kategorien zu denken, als würde sich in der Menschheitsgeschichte auch in Zukunft Kapitel an Kapitel reihen; beinahe möchte man ihnen Respekt zollen für die Unbeirrbarkeit, mit der sie an die Macht des technischen und genetischen Fortschritts glauben.

Jede Vernunft in ihrer Lesart des Gegenwärtigen über Bord geworfen haben hingegen jene Menschen, die sich wieder den überwunden geglaubten Vernebelungen der Religion hingeben. Dank der Bildungsuploads hatte sich ein aufgeklärtes Bild des Menschen und des Weltgeschehens durchgesetzt, das auf wissenschaftlichen Tatsachen beruht – auch unter Anerkennung jener Wissensgrenzen, die uns vor manchen Fragen verstummen lassen. Von der Idee, nach dem Ebenbild Gottes geschaffen zu sein, den doch ganz offensichtlich umgekehrt unsere eigene Vorstellungskraft hervorgebracht hat, schienen wir, die wir unser Erbgut zu neunundneunzig Prozent mit dem nicht ganz so gottgleichen Schimpansen teilen, endlich abgekommen zu sein. Jetzt erleben wir angesichts der existenziellen Bedrohung, in der sich alte Apokalyptiken zu bewahrheiten scheinen, einen erstaunlichen Rückfall in eine anthropozentrische Gottgläubigkeit und damit verbundene Errettungsfantasien. Die Neoreligiösen, so formulierte es die Überlebensbehörde in ihrer jüngsten *Kampagne gegen Hybris und theistische Weltverklärung*, ließen sich wieder die Karotte der Erlösung vors Maul hängen, um ihr dann in alter Eselei hinterherzutraben. Was in der Frühzeit unserer Kulturen als erstes vorwissenschaftliches Tasten des Menschen nach Welterklärungen nur allzu verständlich gewesen sei, müsse angesichts unseres heutigen Wissensstandes entschieden zurückgewiesen werden. Blitze, Erdbeben, Seuchen, die Entstehung des Lebens und den Skandal des Todes – sie alle habe man einst religiös gedeutet; mittlerweile habe man sie gründlich genug in ihrer Naturgesetzlichkeit verstanden, um auch jenseits unserer heutigen Erkenntnishorizonte, in den komplexen und im wahrsten Sinne des Wortes weitreichenden kosmologischen Fragen, keinen plötzlichen Schwenk ins Göttliche vermuten zu müssen. Die religiöse Weltsicht, so die Behörde, müsse heute als unangemessen anthropozentrisch gelten, gespeist aus Realitätsverweigerung, Selbstüberhöhung und Todesangst, ein unwürdiges Placebo. Doch die Wahrheit, besagt ein altes Zitat, sei dem Menschen zumutbar. Religion habe sich, täuschend verkleidet im Engelsgewand, allzu oft ideologisch und absolutistisch geäußert, als dass man sie heute wieder vorbehaltlos tolerieren könnte, denn nichts anderes als eine Ideologie des Absoluten sei der Gottesglaube. Von den Kreuzzügen und der Inquisition des Mittelalters über die gewaltsamen Missionierungen der Kolonialzeit und die traumatisierenden Übergriffe in kirchennahen Erziehungsanstalten des späten zweiten bis hin zu den religiös motivierten Terroranschlägen des frühen dritten Jahrtausends gebe es genügend Beispiele dafür, wie gewaltsam sich ihr Anspruch Geltung verschaffe; und auch dort, wo Religion nicht selbst Gewalt ausübe, habe sie nur allzu oft Schaden angerichtet, indem sie Nebelgranaten gegen den Geist der Aufklärung geworfen, sich vor den Karren illiberaler Regime habe spannen lassen und Nationalismen befeuert habe, die ihrerseits mit unschöner Regelmäßigkeit die treibende Kraft für Waffengänge gewesen seien.

Den Zusammenbruch des Weltklimas vereinnahmen die Neoreligiösen für ihre Vorstellungen von Sünde und Sühne. Gott, so tönte es bereits im frühen einundzwanzigsten Jahrhundert in christlich-konservativen Kreisen, bestrafe den sündigen Menschen mit dem Klimawandel, gerade so, wie er die große Flut zur Zeit Noahs geschickt und die Zerstörung von Sodom und Gomorra mit einem Regen aus Schwefel und Feuer besiegelt habe. Auch die pandemischen Seuchen, die der Mensch durch seinen schrankenlosen Lebensstil ermöglicht habe, seien so zu verstehen. Diese Situationsbeurteilung stütze sich, so liest man in Quellen jener Zeit, auf Jahrtausende der Erfahrung mit historischen Mustern, die im Einklang mit dem unfehlbaren Wort Gottes stünden und denen daher mehr Gewicht beizumessen sei als den spekulativen und kurzlebigen Computermodellen einer verblendeten Wissenschaft. Die Rückbesinnung des Menschen auf die Religion, seine Umkehr gemäß den heiligen Geboten, werde auch den Klimawandel umkehren, und Gott werde in seiner Güte den Gläubigen sowohl das irdische als auch das ewige himmlische Leben schenken.

Weltbilder sind Zerrbilder, anders gibt es sie nicht. Das mag uns nachsichtig stimmen. Doch das Wiedererstarken theistischer Vorstellungen und religiöser Dogmen, mahnt die Behörde, müsse als herber Rückschlag in der Erfolgsgeschichte der technologiegestützten Bildungsarbeit und zugleich als Alarmzeichen für den desolaten Geisteszustand gelten, in den die Menschheit angesichts der gegenwärtigen Bedrohungslage zunehmend gerate. Die Neoreligiösen sehen sich durch die öffentliche Geringschätzung, die ihnen entgegengebracht wird, freilich nicht zu Selbstkritik veranlasst, sondern in ihren Überzeugungen bestärkt. Unverstandene und Verfolgte zu sein, gehört seit jeher zu ihren Erfahrungen und ihrem Selbstverständnis.

22 der Exodus

Karel hat mich um ein Gespräch gebeten. Luis war es, der uns verlinkt hat; als Botaniker, meinte er, könne Karel mir sicherlich bedeutsames Wissen über mein geliebtes Unkraut verraten. Karel und ich haben Nachrichten ausgetauscht und uns ein Treffen für die nächsten Tage vorgenommen, jetzt aber summen überraschend unsere Gadgets, als wir uns zufällig im selben Korridor aufhalten, er auf dem Heimweg, ich auf dem kleinen Spaziergang, der mich nach der Arbeit auf andere Gedanken bringen und mir später beim Einschlafen helfen soll. Karel steht noch jenseits einer Seuchenschleuse, vor der sich eine Menschenschlange gebildet hat, er hebt die Hand, winkt mir zu und deutet mir zu warten. Nachdem er die Schleuse schließlich passiert hat, kommt er eilig auf mich zu. Soweit er unter seiner Gesichtsmaske zu erkennen ist, sieht er aus wie im Kurzvideo seiner virtuellen Visitenkarte, wirkt aber abgemagert und nervös, mit mehr Grau an den Schläfen. »Danke fürs Warten«, spricht er mich an, »wir müssen dringend reden. Du kannst mir möglicherweise helfen. Was ich dir zu erzählen habe, wird vielleicht auch deine Augen öffnen. Hast du Zeit? Bitte«, fügt er hinzu. Etwas Flehentliches liegt in seinem Blick, in seiner Stimme. Er sagt nicht, worum es geht, es ist aber nicht schwer zu erraten, dass es mit unseren wissenschaftlichen Tätigkeiten zu tun hat, denn sonst zeigen unsere Profile kaum Berührungspunkte, außer unseren gemeinsamen Bekannten Luis.

Ich willige ein, und wir fahren gemeinsam nach oben in die Freizeitkuppel über dem Wohnbezirk. Ich war schon länger nicht mehr in der sozialen Begegnungszone und bin begeistert von dem Ausblick, der natürlich weit über das hinausgeht, was mein privater Fensterplatz bietet; immerhin befindet sich die Kuppel mit rundum freier Sicht achtundvierzig Etagen über dem Niveau meiner Wohneinheit. Man überblickt die weitläufige Dachlandschaft mit ihren glänzend schwarzen Solarpaneelen bis hinaus zu den großen Überwachungs- und Sendetürmen an den Enden der Seesternarme; jenseits davon erstreckt sich in alle Richtungen jenes wüstenhafte Ödland, von dem ich einen kleinen Ausschnitt auch vor meinem Fenster sehe. Die Sonne steht bereits tief, jeder Felsen, jeder Strommast, jeder Mauerrest eines einstigen Gebäudes wirft einen harten Schatten, sodass das weitläufige Umfeld sich als Mosaik aus Licht und beginnendem, vorweggenommenem Dunkel zeigt. Auf Menschen, die ihre Tage in fensterlosen Räumen im Inneren des Gebäudekomplexes verbringen, mag das Panorama hier oben eine noch stärkere Wirkung haben als auf mich, der ich den Ausblick immerhin gewohnt bin. Der Blick in die Weite verändert etwas in uns, lässt uns durchatmen, als wären wir frei, hinauszugehen unter den offenen Himmel. Die Behörde empfiehlt regelmäßige Besuche der Bars, Cafés und Freizeiteinrichtungen, die hier heroben angeboten werden, nicht nur zum allgemeinen Stressabbau und zur Kontaktpflege, sondern insbesondere zur Vorbeugung klaustrophobischer Zustände. Auch Karel hält sich nun aufrechter als vorhin, ein Gewicht scheint von seinen Schultern genommen. Gemeinsam steuern wir auf eine Bar zu, auf die wir uns mit einem kurzen Blick, einem Kopfnicken geeinigt haben.

Wir sitzen auf einer dunkelgrün gepolsterten Bank, auf dem niedrigen Tischchen vor uns stehen die Getränke, die uns eine freundliche Kellnerin serviert hat. Jede hellblonde Frau, überhaupt jede freundliche Frau erinnert mich an Lea. Karel ist schweigsam geworden, trotz oder gerade wegen der Dringlichkeit seines Anliegens. »Den ganzen Tag«, sage ich, um ein Gespräch zu beginnen, »habe ich an einem kleinen Text über Evolutionisten und Neoreligiöse geschrieben. Er scheint mir noch nicht recht gelungen, ich werde daran arbeiten müssen, später, wenn ich ein deutlicheres Bild davon habe, worauf meine Arbeit eigentlich hinausläuft. Vielleicht sollte ich meine Aufzeichnungen überhaupt beenden, alles löschen, nichts mehr schreiben – und Klarheit darüber gewinnen, was ich stattdessen zu tun habe. Aber was anderes als nachzudenken und zu schreiben bleibt einem, der nur nachdenken und schreiben kann? Immerhin habe ich heute festgestellt, dass sich schwer sagen lässt, was genau die Menschen in ihre Überzeugungen treibt, die sie auch und gerade dann wie einen persönlichen Besitz verteidigen, wenn die Zweifel angesichts klarer Evidenz bereits überwiegen sollten. Wie du dir denken kannst, geben die hochgeladenen Wissensdaten zu solchen Fragen keine hinreichende Auskunft. Immer öfter läuft meine Arbeit darauf hinaus, dass ich die offiziellen Daten nur heranziehe, um sie dann zu verwerfen oder allenfalls als ersten Ausgangspunkt zu nutzen. Was ich der Behörde als Ergebnis meiner Arbeit liefere, muss etwas grundsätzlich anderes sein als das, was ohnehin im offiziellen Wissensbestand abgebildet ist, es muss darüber hinausgehen, es hinter sich lassen. Muss es das? Kann es das? Ist nicht auch mein Schreiben ein blindes Festhalten an aus der Zeit gefallenen Überzeugungen, ein Beharren auf einem völlig untauglichen Lösungsweg? Ich schreibe um mein Leben und habe keine Ahnung.« Ich schaue auf, sehe Karels Blick ruhig und aufmerksam auf mich gerichtet. »Entschuldige«, sage ich und zucke mit den Schultern, »die Arbeit, ich kann mich am Abend nach einem langen Arbeitstag nicht leicht von ihr lösen, du weißt sicherlich, wie das ist. Ein Botaniker in der Wüste! Gewiss treiben auch dich manchmal die Zweifel um?«

Karel nickt zustimmend und prostet mir zu, beginnt dann aber in harmlosem Plauderton und erklärt mir, wohl weil Luis ihm von meinen grünen Mitbewohnern erzählt hat, dies und das über die spontane Begleitvegetation der landwirtschaftlichen Kulturen. Über Breitwegerich, Vogelknöterich und Weidelgras weiß er zu sagen, dass sie einst in ganz Mitteleuropa und darüber hinaus in großen Teilen der Welt als Kulturfolger verbreitet gewesen seien. Stickstofftolerant und widerstandsfähig gegen Befahrung, Betritt und Beweidung, seien sie an Straßenrändern, Feldwegen und auf Viehweiden häufig zu finden gewesen. Heute sei ihr Vorkommen wahrscheinlich zur Gänze auf klimatisierte agrarische Produktionsstätten beschränkt. In den Agrarhallen würden sie, solange sie nicht allzu zahlreich auftreten, meist geduldet. Ich nicke, Karel erzählt mir nichts Neues. Nach einigen Sätzen räumt Karel von sich aus ein, dass er Dinge wiedergibt, die zum allgemein verfügbaren Wissensbestand gehören. Ich lache und erwidere: »Das ist die Krux heutzutage bei jedem Gespräch, dass wir einander nicht viel mehr zu sagen haben als das, was wir ohnehin alle wissen. Aber in all dem hundertfach gewendeten Sand taucht dann doch hier und da ein bisher übersehenes Körnchen auf, eine winzige frische Bruchfläche mit neuem Glanz. Gānbēi, Karel, auf die Neuigkeiten, die wir einander vielleicht zu erzählen haben«, hebe ich mein Glas. »Egészségedre, Leonard«, erwidert Karel. Wir sehen einander kurz an, grinsen und schütteln beide kurz den Kopf über die alberne Mode, einander wahllos in irgendeiner der sechstausendfünfhundert Sprachen zuzuprosten, die im zerebralen Erweiterungsspeicher abrufbereit sind.

Ich meinte vorhin den Weg für das Gespräch geebnet zu haben, um das Karel gebeten hat, doch er will anscheinend noch nicht zur Sache kommen. »Unser Berufsbild als Biologen«, holt er nochmals aus, »hat sich in den letzten zwei, drei Jahrhunderten grundlegend gewandelt, wie sicherlich auch deines als Vergangenheitsforscher. Unter freiem Himmel und im Unterwuchs der Agrarhallen finden wir nur noch spärliche Reste der einstigen Vielfalt. Schon seit dem zwanzigsten Jahrhundert sahen wir uns als Verursacher und Zeugen des sechsten großen Artensterbens der Erdgeschichte, die Aussterberate erreichte damals bereits das Hundertfache ihres langfristigen Wertes. Mittlerweile ist die Verlaufskurve des Artenschwunds abgeflacht, denn es gibt nicht mehr viel, was noch aussterben könnte. Die globalen Artenverzeichnisse von einst, mit ihren rund zwei Millionen Einträgen, beschreiben heute über weite Strecken einen Friedhof. Den Wettlauf zwischen dem Aussterben der Arten und ihrer Erfassung in unseren Gendatenbanken haben wir längst verloren. Unsere einst so üppig ausgestattete Biosphäre, in dieser Form mit Sicherheit einzigartig im gesamten Universum, ist innerhalb einer unglaublich kurzen Zeit so gut wie ausradiert worden.«

»Ja, ich kenne die Fakten«, sage ich und klinge nun wohl schon ein wenig ungeduldig. »Aber warum gerade jetzt, warum so plötzlich?«, frage ich dann doch nach. »Darauf gibt es nur eine Antwort«, antwortet Karel ohne zu zögern, offensichtlich stellt man ihm diese Frage nicht zum ersten Mal. »Wir haben das Weltklima systematisch zugrunde gerichtet, mit denselben Treibhausgasen, die schon den Wechsel der Kalt- und Warmzeiten im Lauf der Erdgeschichte wesentlich mitbestimmt haben. Systeme tolerieren viel, gleichen manches über lange Zeit hinweg aus, bis zu einem Kipppunkt. Dort können sie aus scheinbar geringem Anlass – dem einen Tropfen, der ins volle Fass fällt – innerhalb kurzer Zeit entgleisen. Diesen Punkt hat unser Klimasystem passiert. Keiner weiß genau, was der letzte entscheidende Tropfen war. Vielleicht gibt es ihn gar nicht und es sind bloß Rückkopplungseffekte, Resonanzerscheinungen, die aus dem Ruder gelaufen sind. Das Gerede der Behörde von der schicksalhaften Beschleunigung der Kernfusionen in der Sonne ist jedenfalls Unsinn, billige Propaganda auf der Grundlage gekaufter Studien, das kannst du mir glauben. Wenn es nur nach der Sonne ginge, nach dem Fortschritt der Fusion des Wasserstoffs zu Helium, wäre es erst in mehr als einer Milliarde Jahren so weit, dass die Kontinente der Erde aufgrund der Hitzezunahme von Wüste bedeckt wären. Eine Milliarde Jahre, das ist eine halbe Ewigkeit. Und jetzt plötzlich, ausgerechnet in der kurzen Zeit seit Erscheinen des Menschen auf diesem Planeten, soll unser Zentralgestirn von sich aus sein Verhalten ändern? Das ist einfach Quatsch. Astrophysikalische Fakten ändern sich nicht von heute auf morgen. Selbstverständlich hat der Mensch das Weltklima ruiniert und niemand sonst, auch keine Sonne, die plötzlich verrücktspielt.« Ich nicke. »Ja«, sage ich, »das klingt glaubhaft. Aber erzähl weiter – unsere Berufsbilder im Wandel, worauf wolltest du damit vorhin hinaus?«

»Die Artenvielfalt als traditionelles Arbeitsgebiet der Biologie hat sich erledigt, es wäre lächerlich, den spärlichen Resten der einstigen Biodiversität heute noch wissenschaftliche Aufmerksamkeit zu widmen. Unser Interesse an den wenigen verbliebenen Pflanzenarten gilt heute, wie du wahrscheinlich weißt, vor allem dem Informationsgehalt ihres Erbguts. Der ist zwar mittlerweile längst analysiert und in Datenbanken gespeichert, bedarf aber immer noch der Pflanzen selbst, um ihn zu verkörpern. Es geht um den möglichen Nutzen, den wir daraus ziehen können, etwa durch Einkreuzung einzelner

Gene in unsere Kulturpflanzen oder durch die Nachahmung von Erbsprüngen, die wir dann experimentell auf die Spitze treiben. Es geht um das modellhafte Ganze einer Spezies ebenso wie um das Individuum mit seinen Abweichungen von der Norm. Wie heute an den kärglichen Resten des Lebens geforscht wird, erinnert eher an ein Ausschlachten als an den respektvoll staunenden Forschergeist früherer Zeiten. Ja, in unseren Laboratorien herrscht eine Schlachthofatmosphäre, anders kann ich es nicht nennen; die wenigen Organismen, derer wir Biologen noch im Lebendzustand habhaft werden können, werden erbarmungslos ausgeweidet, solange ihnen möglicherweise noch Informationen oder Wirkstoffe abzugewinnen sind.«

Ich habe inzwischen neue Getränke geordert und lehne mich entspannt zurück. Karel versteht es immerhin, interessant zu erzählen; was er zu sagen weiß, klingt anders als die offiziellen Wissenschaftsberichte und fachlich fundierter als Luis' agrartechnische Sicht. Auch Karel nimmt einen Schluck. »Und was nun meine eigene Arbeit betrifft – ich bin zwar Botaniker, aber ich interessiere mich nicht so sehr für Pflanzen im engeren Sinn. Sie bieten der experimentellen Wissenschaft wenig Spielraum, denn ihre weit fortgeschrittene Evolution hat den künftigen Entwicklungsmöglichkeiten bereits allzu enge Grenzen gesetzt. So ist es ja auch bei uns: Jeder vollzogene Schritt schließt eine Vielzahl anderer aus, nicht wahr? Das wird sich, nehme ich an, in der Geschichte ähnlich darstellen wie in der Biologie.« Karel sieht mich fragend an, ich nicke und ergänze: »Ja, und in jeder einzelnen Biografie. Ich hatte tausend Leben und nahm mir nur eines, schrieb einmal ein Dichter. Ob das noch gilt, sei dahingestellt. Ich meine, niemand wählt heute mehr zwischen tausend möglichen Lebensentwürfen.« Karel nickt überrascht, dieser Gedanke scheint ihm neu zu sein, und fährt fort: »Mein Spezialgebiet sind nicht Pflanzen, sondern Flechten, untrennbare symbiotische Einheiten aus Pilz und Alge, also vergleichsweise einfache und doch gemeinschaftlich organisierte Organismen. Sie helfen einander, und ihre Eigenschaften und Fähigkeiten sind zu einem neuen Ganzen verschmolzen. Auch wenn von den einst rund zweitausend mitteleuropäischen Flechtenarten fast alle in den letzten dreihundert Jahren ausgestorben sind, haben doch auch von ihnen einzelne Arten überlebt. Die Arbeit mit Flechten, das Studium ihrer hohen Toleranz gegenüber Hitze und Kälte, Nässe und Trockenheit, hat mich auf meinen Forschungsschwerpunkt gebracht: die Fotosynthese von Flechten und künstlichen flechtenähnlichen Zellverbänden unter extremen Außenbedingungen. Was möglicherweise heißen kann: neue Grundlagen der menschlichen Ernährung im außerirdischen Raum. Zumindest habe ich mein Forschungsprojekt unter diesem Gesichtspunkt konzipiert. Die Überlebensbehörde hat seit einigen Jahren große Hoffnungen in meine Arbeiten gesetzt. Der große Exodus des Menschen wird sich ja, so er uns jemals gelingt, nicht vermeiden lassen. Und ganz bestimmt werden wir auch dort draußen etwas zum Fressen brauchen, um scheißen zu können, nicht wahr?« Ich horche auf, überrascht vom derben Ton seines letzten Satzes, von dem ich nicht genau weiß, ob er scherzhaft sein oder Verzweiflung ausdrücken will. Wer unter Druck steht, sollte sich nicht unbedingt am Humor versuchen, denke ich, sage aber nichts. Doch Karel hat mich auch so verstanden, er macht eine resignative, fast entschuldigende Handbewegung. Er ist mir längst sympathisch geworden.

23 das Fallbeil

Unser Gespräch nähert sich spürbar dem wahren Grund unseres Treffens. Karel spricht zunehmend leise, angespannt. Er stellt mir Fragen zu meinem Forschungsauftrag, zu den Modalitäten der Leistungsüberprüfung und zur Sanktionierung. Ich antworte, so gut ich diese Dinge im Kopf habe, stelle dabei aber mit Unbehagen fest, dass ich nur ungefähre Kenntnis von den vertraglichen Rahmenbedingungen meiner eigenen Forschungsarbeit habe. Tatsächlich weiß ich nicht, welche Evaluierungsschritte und Sanktionsstufen mein Arbeitsvertrag festlegt, falls er solche Festlegungen überhaupt enthält. Das Ringen um eine mögliche Herangehensweise an die mir gestellte Aufgabe hat wohl von Anfang an meine volle Aufmerksamkeit beansprucht; auch habe ich in meiner Begeisterung über meinen beruflichen Aufstieg und die damit verbundenen Annehmlichkeiten wohl nicht auf das Kleingedruckte geachtet. Angedrohte Strafen habe ich unterdessen, falls sie in meinem Vertrag genannt sind, aus meinem Gedächtnis verdrängt, man hat mir dazu auch keine Informationen hochgeladen. Karel sieht mich erstaunt an und wiegt den Kopf. »Ich weiß nicht, soll ich dich um dein blindes Vertrauen beneiden oder dir deine Naivität vorhalten? Die Wahrheit ist: Ein Fallbeil schwebt von Anfang an über unseren Nacken«, sagt er und blickt in die hohe Glaskuppel hinauf, als hinge dort eine schwere, stählerne Klinge, »auch über deinem, da solltest du dir nichts vormachen. Zielverfehlung ist das Schlüsselwort. Damit brechen sie uns das Genick. Weißt du das denn nicht?«
»Doch, sicher, die Versetzungen«, entgegne ich, »die Abschiebungen im Fall des Scheiterns, die Mammutgrippe, man hört

darüber die üblichen Halbwahrheiten, nichts Verlässliches.«
»Im Fall des Scheiterns, sagst du? Wir alle scheitern, jeder und jede Einzelne von uns. Wir alle werden des Versagens bezichtigt, keiner von uns kann den Gegenbeweis antreten. Jedes Forschungsprojekt wird an unserer aussichtslosen Situation gemessen und scheitert daher zwangsläufig. Niemand kann etwas vorweisen, das der Evaluierung standhält. Das haben Wege aus der Ausweglosigkeit so an sich, dass sie sich als unbegehbar erweisen, nicht wahr?« Karel deutet fahrig nach oben, zur Seite, irgendwohin, starrt eine Weile vor sich hin und spricht plötzlich wie gehetzt weiter: »Denk nach, wir müssen ja scheitern, es darf gar nicht anders sein. Das Humanareal platzt aus allen Nähten, die Versorgung bricht zusammen, wenn die Bevölkerung wächst. Alle Algorithmen weisen in diese Richtung, sie regeln sich selbst und uns, ein unauflöslicher Klumpen aus Daten und Menschen. Die künstlichen Intelligenzen definieren die Algorithmen, diese die Sanktionen; die Sanktionen folgen den Algorithmen und schalten uns aus, scheinbar aus unserem eigenen Verschulden. Das ist raffiniert gemacht, klug ausgedacht, abgenickt und durchgewunken von Systemadministratoren, die keine persönliche Verantwortung zu übernehmen brauchen. Ein Anschein von Gerechtigkeit bleibt gewahrt – so und durch einige Geheimnistuerei versucht man der Empörung, die aufkommen könnte, den Wind aus den Segeln zu nehmen. Der Zweck unseres Nullwachstums, einer längst außer Streit gestellten Notwendigkeit, heiligt die Mittel. Die Geister, die wir riefen, deuten mit den Fingern auf uns: Wir liefern, was wir zu liefern imstande sind, letztlich aber versagen wir, also müssen wir verschwinden, die Ressourcen entlasten. Früher einmal, das ist lange her, gab es den Imperativ ständigen Wachstums, er hat uns in diese Misere gebracht oder war zumindest wesentlich daran beteiligt. Heute lautet die wichtigste Vorga-

be Wachstumsvermeidung. Wir Wissenschafter könnten uns gemeinsam dagegen auflehnen, wir haben Macht, denn wir sind die letzten Hoffnungsträger des Systems. Aber wir sitzen in unseren Laboren und Forschungsinstituten wie die Kaninchen vor der Schlange, gelähmt und handlungsunfähig, und lassen uns fressen.«

Karel ist jetzt in Schwung gekommen. Ich weiß nicht genau, ob er recht hat mit allem, was er da sagt, aber es wird etwas Wahres daran sein, denn als naiv, als zu vertrauensvoll hat auch Lea mich bezeichnet, genau wie Karel es jetzt tut. Ehe ich weiterdenken oder etwas erwidern kann, fährt Karel fort: »Mein Fotosyntheseprojekt hat nach zwei vorangegangenen Zwischenprüfungen immer noch nicht die erhofften Ergebnisse gebracht. Die Produktion an verwertbaren Nährstoffen blieb bei Weitem zu gering, ihre Verträglichkeit für den menschlichen Verdauungstrakt ungenügend, ihre Gewinnung aus dem Wuchskörper der Flechte schwierig und unpraktikabel. Zwei Mal hat man mich getadelt, mir zuerst zwischen den Zeilen, dann unmissverständlich gedroht. Als dritte Sanktionsstufe hat die Überlebensbehörde mir nun die Familienlizenz entzogen, wegen unzureichender Beiträge ressourcenintensiver Forschungsleistungen zu den Zukunftsperspektiven der Menschheit, wie es in der schriftlichen Mitteilung heißt. Antonia und ich, wir wollten tatsächlich ein Kind, den Umständen zum Trotz, und hatten bereits die Erlaubnis dazu, aber damit ist es jetzt vorbei. Man sei mit mir und meiner Arbeit geduldig gewesen, lässt man mich wissen, man habe mir mehr als genug Zeit und Mittel eingeräumt. Beim letzten routinemäßigen Update müssen sie mich umprogrammiert, vielleicht etwas in meiner Hirnanhangdrüse manipuliert haben. Der veränderte Chemismus dämpft jegliches Begehren aus und lässt den Mann in mir verlöschen. Wie einen Hund kastrieren sie mich.« Karel hält inne und schluckt. »Weißt du, wie das ist: Zuerst hält dein Körper nicht mehr Schritt mit den Bedürfnissen, die du verspürst, dann lassen auch diese nach. Irgendwann kannst du gar nicht mehr so genau sagen, was sie einmal mit dir zu tun hatten. Deine Frau liebst du noch, aber du kannst nur mehr den vertrauten Kumpel in ihr sehen, eine alte Freundin wie aus einem längst vergangenen Leben. In deiner Gegenwart tut sich an zentraler Stelle eine seltsame Leere auf, und dir wird klar, wie eng deine körperliche Identität als Mann bisher mit sämtlichen anderen Lebensinteressen verwoben war, ohne dass du dir dessen bewusst gewesen bist. Es ist, als müsstest du alles, was du bisher getan hast, neu definieren. Nur so kannst du weitermachen oder glaubst es eine Zeit lang. In Wahrheit kannst du gar nichts tun. Du bist wie ein Esel, der plötzlich nichts mehr mit der Karotte anzufangen weiß, die man ihm vors Maul gehängt hat, an seinem nächsten Schritt zweifelt und stehen bleibt. Anders als der Esel zweifelst du nun auch an deinen vergangenen Schritten. War alles, was du je gefühlt, gedacht und geleistet hast, dem Cocktail deiner Hormone geschuldet? Insgeheim weißt du, dass es genau so gewesen ist. Es ist wie ein Altern vor der Zeit. Mit siebzig sind solche Fragen wohl unvermeidlich, sie leiten den Abschied von der eigenen Körperlichkeit ein, aber mit fünfunddreißig möchtest du sie dir nicht stellen müssen. Genau das will die Behörde anscheinend: mich zum Stillstand bringen wie den Esel, mich entfremden und brechen. Der Algorithmus deutet nach unten wie einst der Daumen des römischen Kaisers. Ich bin einer von denen, die verschwinden müssen. Wir alle werden verschwinden.«

Karel verstummt, und auch ich schweige betroffen. Ich spüre den Schatten des Fallbeils kühl in meinem Nacken. »Und deine Frau?«, frage ich nach, um wenigstens etwas zu sagen, denn was lässt sich auf Karels Bericht schon erwidern. »Du weißt, ich kenne Antonia flüchtig über Lea. Sie arbeitet doch ganz oben in der Behörde. Kann sie nicht für dich intervenieren?« Antonia ist eine leitende Mitarbeiterin derselben Koordinationsstelle, für die Lea zuletzt als Beraterin tätig war. Beide verband, so erwähnte es Lea mir gegenüber, eine schöne Freundschaft und die Erinnerung an gemeinsame Jugenderlebnisse, und ohne Zweifel hatte Antonia auch Leas Bewerbung unterstützt. Zuletzt bin ich Antonia bei Leas Verabschiedung begegnet, die ihr sichtlich so naheging, dass sie kein Wort des Beileids mir gegenüber fand, was ich ein wenig verwundert, aber ohne Groll zur Kenntnis nahm. Zuvor hatten zwei oder drei kurze Begegnungen, bei denen sie mich durch ihre außerordentliche Schönheit beeindruckt, sich mir gegenüber allerdings kühl und distanziert verhalten hatte, sie mir nicht eben sympathisch gemacht. Diese flüchtigen Wahrnehmungen und persönlichen Befindlichkeiten haben jetzt, in meinem Gespräch mit Karel, freilich keinen Platz. »Antonia hat getan, was sie tun konnte«, sagt Karel, »ohne ihre Fürsprache, ohne ihre Intervention mit ich weiß nicht welchen Mitteln wäre ich vielleicht schon jetzt nicht mehr hier, sondern als Stechmückenfutter in der Tundra. Aber du weißt ohnehin, dass deine Frage in Wahrheit sinnlos ist. Letztlich entscheiden die Algorithmen über den Grad der Sanktionen, darauf hat über kurz oder lang auch Antonia keinen Einfluss. Niemand hat darauf Einfluss. Die künstlichen Intelligenzen haben uns längst die Verwaltungshoheit aus der Hand genommen. Sie mögen vieles leisten, uns in vielem überlegen sein, aber eines haben sie nicht: Mitgefühl.«

Wieder nicke ich nur und sehe Karel bedauernd an. Hatte er angenommen, ich würde ihm einen Ausweg aufzeigen können? Ich weiß wirklich nicht, was ich ihm sagen könnte, und auch ihm muss längst klar sein, dass er von mir nichts zu erwarten hat, welche Hoffnungen auch immer er anfangs in unser Treffen gesetzt haben mag. In diesem Moment bin ich egoistisch genug, um vor allem darüber nachzudenken, wann und wie die Sanktionen auch mich treffen werden. »Vielleicht hat ein Upload bestimmte Vertragspunkte aus meinem Gedächtnis gelöscht, um meinen Arbeitseifer nicht zu schwächen«, sage ich etwas unvermittelt in Karels Richtung. Er scheint mich zu verstehen und zuckt mit den Schultern; allzu überzeugend finde ich meine Vermutung selbst nicht. Lea fehlt mir. Sie wüsste genau, was das alles zu bedeuten hat. Sie hat mir geholfen, auf der Karriereleiter ein Stück hochzuklettern, aber sie kann mich nicht mehr auffangen, wenn meine Sprosse einmal bricht. Ich nehme den letzten Schluck von meinem Wasser, Geschmacksrichtung Hopfen und Malz. Dann machen wir uns auf den Weg, er zu seiner Frau, die er immerhin noch an seiner Seite hat, ich in die Menschenleere meiner eigenen Wohneinheit, in der allein Leas Abwesenheit anwesend ist. Die Pflänzchen werde ich heute noch gießen.

24 der Traum (3)

Das Schreiben hat mich in den letzten Tagen mehr angestrengt, als mir lieb ist, meine Tagesleistungen haben nachgelassen, die verunsichernde Begegnung mit Karel hat den ohnehin dünnen Faden endgültig reißen lassen. Ich weiß nicht recht, wie ich weitermachen soll. In meinem Vertrag habe ich nachgelesen und keine ausdrückliche Strafandrohung gefunden, doch das beruhigt mich nicht. Was ich bisher im Auftrag der Behörde geschrieben habe, ist noch nicht viel, bloß der Beginn einer Bestandsaufnahme, eine erste Annäherung an meine Aufgabe, die ich zögernd umkreise wie eine Hyäne einen fast schon toten Körper. Ich bin wohl erst dabei, Witterung aufzunehmen, und habe meine Zähne noch nicht in das Fleisch geschlagen. Noch ist es nicht so weit, noch bin ich nicht so weit. Doch ich muss einen neuen Anlauf nehmen, muss an meinem Text arbeiten, den Text für mich arbeiten lassen. Ich rede mir ein, dass ich nicht chancenlos bin.

Ich beschließe, mir eine Ruhepause zu gönnen, und meine, kaum habe ich mich hingelegt, bereits zu träumen. Mit flatternden Lidern träume ich einen Lesetraum, oder vielleicht erinnere ich ihn eher; ich erinnere, was ich im Zuge meiner Recherchen in alten Schriften aufgestöbert habe: »Diese schwarze und fatale Wende / tragen wir im gleichen Maß. Du weinst? / Reich mir lieber deine beiden Hände, / schwöre, dass du mir im Traum erscheinst.«[1] Da meine ich plötzlich, gemeinsam mit der Verfasserin dieser Verse, in geträumten Welten, in den imaginierten Räumen der Dichtung Zufluchtsorte zu erkennen. Wer sagt denn, grüble ich an der

Schwelle zwischen Wachen und Schlaf, dass wir immer bei Sinnen bleiben, uns den Zumutungen der Welt stellen müssen? Wodurch erhebt sich die Wirklichkeit des Wachzustands über jene des Traums? Sind nicht beide, jede auf ihre Weise, von uns erfunden? Wie ein Dichter vor Jahrhunderten ahne ich heute, aus noch einem und einem weiteren Traum erwachen zu müssen, um endlich dort anzukommen, wo ich wirklich bin. Was aber heißt wirklich? Kann nicht auch der umgekehrte Fall eintreten, dass man also in einen und einen weiteren Traum versinken muss, um an seinen wahren Ort zu gelangen? Bin ich denn verrückt, wenn ich mir eine Welt erträume – oder bin ich es, wenn ich darauf verzichte? Der Traum scheint mir, wenn er es will, Schutz zu gewähren, Schutz vor der Trauer, die mich unablässig quält, Schutz auch vor den Bedrohungen, die Karel mir vor Augen geführt hat; umfassenden Schutz vor dem Leben, dem Tod und der Bedeutungslosigkeit beider. Nichts kann sich über diese Gefahren so sehr hinwegsetzen wie die Wiedervereinigung zweier Liebender im Traum. Reich mir deine beiden Hände, Lea.

Das aber war die Moderne, denke ich, nun wieder ganz wach, immer meinte sie ihre kühnsten Hoffnungen als Versprechen festmachen, in Bildern des Absoluten bündeln zu müssen. Kunst sei die irdische Schwester der Religion, schrieb einer in längst noch vormoderner Zeit, und bestimmt meinte er damit nicht nur die gemalte Kunst, sondern auch die geschriebene, war er doch selbst ein Schreibender. Vielleicht sah er nicht deutlich genug voraus, was kommen musste: der modernistische Imperativ, so vereinnahmend wie die Aufforderung zum Glaubensbekenntnis. Schwöre, dass du mir im Traum erscheinst. Wenigstens die Wirklichkeit eines Buches würde ich nun, da ich aufgestanden bin und mich für diesen kurzen Eintrag an meinen Schreibtisch gesetzt habe, gerne in Händen halten, einen vergilbten Band mit mürben, eingerissenen Seiten und dem Geruch nach altem Papier und Druckerschwärze; doch die Verse erscheinen bloß auf dem Bildschirm, unnahbar virtuell, körperlos. Ist es nicht nur allzu verständlich, sich umdrehen und greifen zu wollen nach dem, was eben noch Gegenwart war? Und ist es nicht unmenschlich, dafür mit dem immer wieder neuen, immer wieder endgültigen Entschwinden Eurydikes in den Hades bestraft zu werden?

Ich belasse es bei diesen blind tappenden Zeilen, die vielleicht, genau weiß ich es nicht, lose an das anschließen, was ich zuletzt, vor Stunden erst, über die verpönte Neoreligiosität geschrieben habe. Habe ich etwa selbst eine gewisse Neigung zur Transzendenz und nenne sie Traum? Oder Dichtung? Ich weiß nichts mehr, allzu fordernd, allzu verstörend ist mir das Leben zuletzt gewesen. Ich werde mich wieder hinlegen, werde schlafen, vielleicht weiterträumen. Heute aktiviere ich vor dem Einschlafen den Traumfänger, ein weitgehend nutzloses Nebenprodukt der digitalen Wissensspeicherung, das erst seit Kurzem auf dem Uploadmarkt erhältlich ist und das ich mehr aus Neugierde denn aufgrund tatsächlicher Erwartungen erworben habe. Nur selten sehe ich mir die Traumsequenzen morgens an. Sie sind wirr, wenig aufschlussreich und mitunter schamloser als die Poesie. Dass wir Träume nur im Wachzustand untersuchen können, macht sie unerforschlich; es ist, als wollte man in der Wüste das Schwimmen erlernen.

In dieser Nacht begegne ich Lea, sie erscheint mir wie versprochen und reicht mir, jenen Versen folgend, ihre beiden Hände. Ich aber sehe sie zunächst mit dem inneren Auge eines Tieres. Die Aufzeichnungen des Traumfängers zeigen mich, wie ich begierig schnaubend in allen Winkeln ihres verlorenen Körpers stöbere. Während ihre Schenkel zu Staub zerfallen, lasse ich das Tier hinter mir, spreche plötzlich kultiviert und mit einem Funken von Poesie mit Lea, wie nur ein Mensch zu einem Menschen spricht. Dort ist wohl die Liebe zu Hause, wo unsere tierische Herkunft sich mit unserer menschlichen Zurichtung in hybrider Uneindeutigkeit trifft.

25 die Schubumkehr

Es komme darauf an, das Hoffen zu lernen, sagte jemand in der hochanthropozänen Blütezeit, in der, möchte man meinen, Hoffnung eine Selbstverständlichkeit gewesen sein sollte und es offensichtlich doch nicht war – oder pflegte man damals eine gewisse Koketterie damit, sich hoffnungslos zu geben, sich in Depression und Burnout zu kleiden, um sich dann umso mehr an dem Glauben an eine aufstrebende Zukunft zu berauschen? Auch ich verspüre wieder eine leise Hoffnung, meinen Auftrag zur Zufriedenheit der Behörde, und vielleicht auch zu meiner eigenen, erfüllen zu können. Mittlerweile ist ein beinahe trotziger Forschergeist in mir aufgekommen, der mich meine Recherchen nachdrücklich vorantreiben lässt; was ich dabei finde, verfehlt seine Wirkung auf mich nicht und wird wohl auch die Kommission, die meine Arbeit zu evaluieren hat, nicht unbeeindruckt lassen. Manchmal ist es ein einzelnes Fundstück, das mich meinen Forschungsgegenstand plötzlich in neuer Klarheit sehen lässt, als hätte sich ein Nebel gelichtet. Beinahe scheine ich dann die in sich kreisenden, an sich wachsenden und über sich hinauswachsenden Energien eines Perpetuum mobile angezapft zu haben, so sehr bestärkt mein Tun sich selbst um ein Vielfaches der Kraft, die es mich kostet.

Erst unlängst haben mich einige an entlegener Stelle gedruckte Sätze aufgeschreckt, Schlüsselsätze einer metaphysischen Parabel über Schein und Wirklichkeit, die das Gegebene und das Denkbare, die Wirklichkeit und ihre Überschreitung, in eine verstörend andere als die gewohnte Beziehung zueinander setzen: »Der fast grenzenlose Gesichtskreis des Möglichen war nur durch das Auftreten des Realen eingeschränkt. Und es verstand sich von selbst, dass etwas, das es in der einen Hinsicht gab, nicht in der anderen existieren konnte. Fast alles war möglich, außer natürlich das Reale.«[2] Es mag an dem Blick aus meinem Fenster liegen, an der Landschaft dort draußen, die wir als Gefangene des Humanareals bloß als Abbild, als Simulation, als Denkmöglichkeit oder als Erinnerung betrachten können, vielleicht auch an der phänotypischen Ähnlichkeit der damaligen weitläufigen Trockengebiete Australiens, von wo jene Sätze stammen, mit der heutigen Wüstenei Mitteleuropas, dass mich die Schubumkehr dieser Landschaftsmetaphorik kraftvoll erfasst hat. Denn einförmige Landschaften, wie sie in jenen Sätzen einem literarischen Modernismus als Folie dienten, Landstriche, die sich nur durch geringe Abweichungen selbst unterbrachen und damit eben diesen Abweichungen eine besondere Bedeutung verliehen – Gegenden dieser Art haben wir heute, das lässt sich mit kaum zu vermeidender Bitterkeit sagen, reichlich zur Verfügung. Ganz Mitteleuropa, abgesehen von dem einen oder anderen abwechslungsreich skelettierten Bergkamm, sieht jetzt so aus, ein gelbgraues Einerlei. Und dass das Reale nicht möglich und das Mögliche nicht real sei, leuchtet mir umso mehr ein, je länger ich darüber nachdenke. Denn entweder ist es eben real, und damit nicht möglich sondern gewiss, oder aber es ist bloß eingebildet, ausgedacht, erdichtet – und damit gewiss nicht real. Oder darf schon die schiere Existenz des Gedankens, etwa indem er neuronale Blitze zündet oder Wortspuren zieht, eine Art von Realität für sich beanspruchen?

Die in jenen Sätzen angelegte eskapistische Verlockung, ja mehr noch, die quasi zur Selbstverständlichkeit erhobene Wirklichkeitsflucht hin zu einer so unbestimmten wie umfassenden Hoffnung auf das Mögliche liegt unübersehbar auf der Hand, umso mehr, als sie schon damals das Ergebnis nicht etwa einer unbedachten Projektion menschlicher Schwäche, sondern ganz im Gegenteil einer bewussten künstlerischen Entscheidung war. Denn jedes Kunstwerk muss, sobald es realisiert wird, eben daran scheitern, realisiert worden zu sein; seine Wirklichkeit, seine Realität wird es ab sofort daran hindern, das Mögliche zu erfassen und abzubilden, gerade so, wie einem Organismus, der in seiner Evolution bestimmte Festlegungen durchlaufen hat, und einem Menschen, der seinen Lebensentwurf gewählt hat, damit sämtliche anderen, vielleicht besseren Optionen verwehrt bleiben. Ich hatte tausend Leben und nahm mir nur eines. Und doch kann gerade dieses Scheitern selbst auf eine unsichtbare Topologie verweisen, die dadurch nicht weniger wirklich wird, dass sie nicht darstellbar ist. Das Wirkliche also begrenzt das Mögliche, im Möglichen aber ankert die Hoffnung. Die Hoffnung wiederum, heißt es an anderer Stelle, sei die Motivation, sich an positive Ziele zu binden. Was bedeutet das alles für unser postanthropozänes Desaster, für die beklemmende Wirklichkeit im Humanareal der Gegenwart? Darüber werde ich noch nachdenken müssen.

Ein paar Schritte hinein in diese Landschaft, denke ich. Dann aber stolpere ich hart über Sätze, die ein Jahrhundert zuvor ein anderer, weit über seine Zeit und seinen Raum (seinen Kulturraum, seinen Sprachraum) hinaus bekannter deutscher Denker niedergeschrieben hatte. Die Hoffnung sei die Büchse der Pandora schlechthin, lasse sie doch den Menschen, sei er auch noch so sehr durch die anderen Übel gequält, verleitet durch ihren schönen Schein das Leben nicht wegwerfen, sondern fortfahren, sich immer von Neuem quälen zu lassen. So sei, weil sie die Qual des Menschen verlängere, die Hoffnung in Wahrheit das übelste aller Übel. Auch so, staune ich, ließ sich damals denken, und nicht nur damals.

26 der Raum

Einen Text betritt man, sei es lesend oder schreibend, wie einen Raum, in der Erwartung seiner Dreidimensionalität – der zeitlichen Längserstreckung seiner Handlung, der Breite seiner inhaltlichen Ausfaltung, der Höhe seiner Gedanken und der Tiefe seines emotionalen Gehalts –, man nimmt dabei die eine oder andere Haltung ein, zieht den Kopf ein vor einer zu niedrig bemessenen Tür oder streckt die Wirbelsäule unter hohen, lichten Gewölben, man umfängt den eigenen Körper frierend mit den Armen oder breitet sie aus wie Engelsflügel. Schon bevor man zu lesen oder zu schreiben beginnt, wählt man bewusst oder unbewusst eine Herangehensweise, man schlendert auf den Eingang zu, betritt den Raum mit entschlossenen Schritten oder flüchtet sich laufend, rennend in ihn, auf geradem Weg, in einer kühnen Kurve oder im Zickzackkurs. Man beginnt ihn zu vermessen, flüsternd und rufend seine Akustik, seine Hall- und Echoeigenschaften auszuloten, man beachtet den Lichteinfall durch ein Fenster, der den Raum in eine oder mehrere Farben taucht, man richtet sich in ihm ein, bewohnt ihn; ob für Monate und Jahre des Schreibens oder für Stunden und Tage des Lesens, spielt dabei keine entscheidende Rolle. Und manchmal kann es sein, dass man den Raum gänzlich verinnerlicht, ihn sich ins eigene Innerste stülpt, selbst zum Gemäuer wird, zum Keller und zum Dach, selbst durch ein Fenster das Licht in sich hineinfallen lässt; dann hat der Text seine Wirkung vollends getan, und ein anderer und ein weiterer Text können auf ihre Art auch diese Wirkung tun, weil wir viele Wesen zugleich sind, viele Schreibende und Lesende, viele Räume …

27 das Kippbild

Können wir denn wirklich weiterschreiben und zugleich zweifelnd an dem Textgebäude rütteln, beides in ungeminderter Überzeugung und Notwendigkeit; oder können wir nur die Möglichkeiten in eins denken, so theoretisch und unangeschaut, wie wir es mit Welle und Teilchen tun? So oder so, meine Aufzeichnungen sind ein Auffangbecken für Möglichkeitsformen, ein Zusammen des sich Ausschließenden, Kippbilder gegenläufiger Wirklichkeiten. Nur das Widersprüchliche ist wahr.

28 das Leitfossil

Ein Flirren liegt in der Luft. Flirren, das meint zusammen mit der Hitzeerscheinung draußen vor dem Bullauge auch die Unschärfe der Informationen, wie sie etwa über die Ursachen der Klimakatastrophe und damit auch über uns selbst, als Täter und Opfer und untätige Zeugen, in Umlauf gebracht werden. Ebenso meint Flirren die unscharfen Ränder der Sprache. Erzählen, behaupten, weismachen lässt sich vieles. Doch an die Sprache selbst, das Material jeder Erzählung, glaubt hier ohnehin niemand mehr so recht. Ich bin, ganz entgegen dem Zeitgeist, auf sie angewiesen, denn meine Recherchen sind nichts anderes als ein Wühlen in historischer, üppig wuchernder Sprache, einer Sprache des selbstverliebten und selbstvergessenen, von lange nachwirkender Romantik getränkten Anthropozäns, die sich gebärdet, wie sich Sprache nur gebärden kann, solange noch an sie geglaubt, eine sei sie auch noch so unbestimmte Hoffnung in sie gesetzt wird. Mag sein, Hoffnung ist Romantik. Die Menschen um mich scheren sich jedenfalls keinen Deut mehr darum, sie benützen die Sprache brachial wie Hammer und Nagel, nach einigen Schlägen hängen sie ihr Bild daran auf, während ich in ihr etwas ganz anderes sehe, nämlich das fein zusammengefügte, beständig tickende Uhrwerk der Geschichte, seine Unruh als Pulsgeber der Zeit, die mich vorantreibt; und ein einziger Hammerschlag könnte sie – die Sprache, die Zeit und mit ihnen die Hoffnung – zerstören. Vielleicht ist das, und nicht mein lächerliches Versagen vor den Augen einer lächerlichen Behörde, meine eigentliche Angst.

Ich habe sonst nichts, woran ich mich halten könnte, nichts so offensichtlich Sinnvolles, wie es für Luis die Herstellung von Agrarprodukten, von Nahrungsmitteln ist. Mir bleiben nur die Zeilen, in denen und vor allem: zwischen denen ich nach dem rettenden Strohhalm greifen will, den ich dort immer noch vermute. Ein Strohhalm im Gefüge der Sprache aus einer Zeit, als man Hütten aus Lehm und Stroh baute? Der Glaube an die Sprache, las ich in einer der alten Quellen, sei vielleicht ein Glaube an unsere Fähigkeit, uns zu helfen. So viel immerhin. Die begeisterte und genaue Sprache sei die eigentliche Heimat. Poesie sei die Welt, die Menschheit, das eigene Leben, blühen gemacht vom Wort, tönte es, sie sei die wahre, artgerechte Form geistigen Zusammenlebens. Gab es ihn jemals, den poetischen oder auch nur begrifflichen, an das Wort gebundenen Kern der Kognition? War das Wort einst, als es im Anfang war, mächtiger als der es sprach? Oder war die Sprache bloß das ferne Echo des Schweigens, immer wie an jemanden gerichtet, der gar nicht existierte? Alles Zitate, Fundstücke, erratische Blöcke im Geschiebe der Zeit. Heute stellt keiner mehr Fragen wie diese, schon gar nicht mit den Mitteln einer Poesie, die keine Wissenschaft, aber allemal Forschung ist. Keiner baut mehr auf die Sprache, denn – auch das wusste man schon vor Jahrhunderten – je näher man ein Wort ansieht, desto ferner sieht es zurück. Man kann sich in ihm, mit ihm verlieren.

Die Sprache ist das Leitfossil des Anthropozäns. Ich vermute, dass alles, was sich über diese Zeit sagen lässt, bereits gesagt wurde, wie vielleicht alles Denkbare, Fühlbare, Lebbare nicht nur gedacht, gefühlt, gelebt, sondern mindestens einmal auch schon gesagt und niedergeschrieben worden ist – und dass man daher nur nachzulesen braucht, um alles über jene Epoche zu erfahren, die ich gerne Hoffnungszeitalter nenne. Keine andere Hinterlassenschaft charakterisiert das Anthropozän so treffend wie seine Sprache, und keine führt uns deutlicher vor Augen, dass es zu Ende geht. Die Welt ist verstummt und zu einem dumpf vor sich hin starrenden Surrogat ihrer selbst verkommen. Alternativtexte und Textalternativen greifen Platz. Unvermeidliche Schreibarbeiten werden von der künstlichen Intelligenz erledigt. Die Neusprache setzt sich durch, das Kurznachrichten-Stakkato von Hammer und Nagel, das die allgemeine Verknappung – manche sprechen von Verarmung, andere von Effizienzsteigerung – des postanthropozänen Geistes- und Gefühlslebens abbildet. Am Rande der Erschöpfung reden wir alle in Hauptsätzen, wusste man schon in Zeiten, als Erschöpfung noch eine vorübergehende Befindlichkeit war, von der man sich stets wieder erholen konnte. Heute sind wir, als Gefangene unserer eng begrenzten Überlebensmöglichkeiten, dauerhaft erschöpft, auf wenige zittrige Striche reduzierte Karikaturen unserer selbst, gefühlt beinahe schon ohne Fleisch und Blut. Kein Wunder, dass die Sprache es uns gleichtut. Die Neusprache ist eine Sprache der Erschöpfung. Man kann von ihr lernen, sich auf das Wesentliche, auf das Unverzichtbare zu beschränken, und damit alles andere als verzichtbar einstufen – ein Trugschluss allerdings, denn dazu müsste man schon im Voraus wissen, was das Wesentliche ist, statt es erst im Kneten und Umformen der Sprache allmählich herauszufinden, immer nur ein Stück weit, immer wieder neu.

Doch in der öffentlichen Meinung wird die ausführliche Rede im Format der Altsprache, wie sie mich durch mein Quellenstudium begleitet, meist als die schwächere Alternative bewertet. Jedes Gefüge aus Haupt- und Nebensatz wird als Abbild alter, machtorientierter Denkstrukturen gesehen, und damit auch als Unhöflichkeit, als Anmaßung gegenüber dem zum Lesen oder Zuhören genötigten Gegenüber. Karel, mein gestriger Gesprächspartner, und Luis, mein nachbarlicher Freund oder freundlicher Nachbar, neigen wohl beide ein wenig zur Neusprache; kaum einmal kommt ihnen ein Nebensatz über die Lippen, auch wenn sie sich Mühe geben, mir entgegenzukommen und ihre Sätze nicht allzu knapp zu bemessen. An ihnen sollte ich mir ein Beispiel nehmen, sie haben ihre Lektion gelernt, ohne damit zu übertreiben. Ein Gedanke, ein Satz. Und Punkt.

Erinnerungen unterbrechen meine Arbeit: Genau dieses Thema, die Frage des Sprachgebrauchs, fiel manchmal als Schatten einer Uneinigkeit, unserer einzigen vielleicht, zwischen Lea und mich. Während Lea mir das energiezehrende, übermäßige Aufmerksamkeit einfordernde Wesen altsprachlicher Kommunikationsmuster vorhielt und die, wie sie es nannte, schlanke Schönheit und Erlebnisreinheit sprachreduzierter Paarbeziehungen vor Augen führte, beklagte ich den Verlust inhaltlichen Reichtums, von dem neusprachlich geführte Beziehungen meiner Meinung nach zwangsläufig betroffen seien. Der Verzicht auf die Fülle und Vielschichtigkeit sprachlichen Ausdrucks, behauptete ich, laufe geradewegs auf einen Verzicht der Menschlichkeit hinaus und münde in einen Beziehungszustand, in dem Männchen und Weibchen einander wie Tiere begegneten, um einander zu beschnüffeln, zu bekläffen und sonst nichts. Lea hielt dem entgegen, dass doch gerade die literarische Sprache früherer Jahrhunderte, mit der ich mich als Vergangenheitsforscher und Privatperson gleichermaßen umgäbe, in ihrer romantischen Intensivierungssucht in hohem Maß hormongesteuert und damit weitaus tierischer sei als die nüchterne, schnörkellos sachbezogene Neusprache. Sie gebe gerne zu, in schwachen Stunden sei ihr, wie ich wohl wisse, mein reichlicher Gebrauch der

Altsprache nicht ganz fremd, sonst würde sie sich wohl kaum auf mich eingelassen haben; es sei ja nicht so, dass nicht auch sie über altsprachliche Möglichkeiten verfügte wie über ein selten gespieltes Orgelregister, einen benommen machenden Sirenengesang. Eine Schwäche aber sei es doch allemal, dieses Register unablässig zu ziehen, eine unzeitgemäße Marotte, der ich da anhinge, das müsse auch mir klar sein. Ich solle mir wenigstens nichts darauf einbilden, mich nicht in dieses geblümte, von Goldfäden durchwirkte Textil kleiden wie ein lächerlicher Dichterfürst. »Hast du es tatsächlich nötig«, fragte sie, »einen ausufernden Erzähltext zu schreiben, als wolltest du der Welt die Welt erklären? Hoffst du so deiner Aufgabe näherzukommen oder bloß dein Scheitern an ihr unter üppig wuchernder Sprache zu tarnen? Überlass das Schwätzen dem Chatbot und schäme dich wenigstens ein bisschen dafür, dass du keinen kürzer gefassten Ausdruck findest. Wenn deine Arbeit evaluiert wird, lass diese Scham erkennen und sprich von deinen Absichten, alles Geschriebene wesentlich zu kürzen und mit technischer Hilfe in prägnante Neusprache zu übersetzen; dann wird man dir vielleicht glauben.«

29 das Glück

Es hatte mehrerer schriftlicher Nachreichungen und der persönlichen Fürsprache Leas bei einem Mittelsmann in der Personalzentrale bedurft, bis ich meinen Leistungsvertrag als freier Wissenschafter in der Tasche hatte. Gegenüber meiner bisherigen Stellung als Institutsassistent in der Streichholzschachtel bedeutete das eine wesentliche Verbesserung, einen entscheidenden Zuwachs an Selbstbestimmung und eine Vielzahl an ausgesprochenen und unausgesprochenen Privilegien. Die Freien sind, ich sprach bereits davon, die vermuteten Genies unter den Wissenschaftern, man traut ihnen Außerordentliches und Überlebensrelevantes zu und hofiert sie mit Licht und Raum. Und genau da liegt in meinem Fall das Problem: Ich mag fleißig und bemüht sein, gut in Schuss mit einem wohlausgewählten Sortiment von Wissensupdates und, von Tagen des Missmuts und der Depression abgesehen, durchaus willens, das Beste daraus zu machen – aber Genie bin ich bestimmt keines. Meine Mittelmäßigkeit sollte der Behörde eigentlich bekannt sein, denn die Art und Weise, wie ich die hochgeladenen Daten in mein sogenanntes eigenes Denken integriert habe, wird bei jedem neuerlichen Upload evaluiert und lässt direkte Rückschlüsse auf meinen Intelligenzquotienten und meine geistige Verfassung zu. Der Bedarf an Forschungspersonal muss groß und der Mangel daran eklatant sein, wenn man schon auf durchschnittliche Köpfe wie mich zurückgreift. Vielleicht nutzen tatsächliche Genies ihre Talente ja lieber dazu, in sicherer Deckung zu bleiben. Ich hingegen habe mich heillos exponiert, um wenigstens für kurze Zeit jenes Glück leben zu können, das mir mit Lea vor

Augen stand. Jetzt stehe ich alleine da, doch exponiert bin ich weiterhin.

Ich empfand den Einstieg in meine neue berufliche Situation als Meilenstein, den erreicht zu haben mir ein neues Leben eröffnete. Ab sofort hatte ich freien Zugriff auf die erweiterten Informationsressourcen des Systems mit Ausnahme der höchsten Vertraulichkeitsstufe, also auf sämtliche Datenbestände, für deren Nutzung ich bisher themenbezogene Sonderuploads hatte beantragten müssen. Ich durfte nun meine Arbeit nach Maßgabe der vertraglichen Zielsetzungen selbst gestalten und war berechtigt, meinen eigenen Visionen und Intuitionen zu folgen, solange sie in argumentierbarem Zusammenhang mit dem Überlebensinteresse der Allgemeinheit standen. Der weite Spielraum solcher Argumentationen war hinlänglich bekannt; die Behörde, hieß es, wolle sich nicht nachsagen lassen, einen möglicherweise zielführenden wissenschaftlichen Ansatz vorschnell im Keim erstickt zu haben. Ich hatte zudem die Erlaubnis, mich in meine eigenen vier Wände zurückzuziehen, statt meine Tage in dem engen und stickigen Forschungsinstitut zubringen zu müssen. Vor allem aber verschaffte mir die Lizenz zur Heimarbeit mehr gemeinsame Zeit mit Lea, die über mindestens ebenso weitreichende Freiheiten verfügte wie ich. Nicht alle Arbeitsstunden würden wir arbeitend verbringen, das lag auf der Hand; dennoch war ich nun nicht nur privat der glücklichste Mann des gesamten Humanareals, sondern fühlte mich auch beruflich beflügelt. Es war einer dieser Momente, in denen man meint, seinem Leben eine glückliche Wendung geben zu können und dies selbst in der Hand zu haben.

Wir sahen also Grund zum Feiern, was Lea und ich am Tag des Vertragsabschlusses auch ausgiebig taten, zunächst mit einem schönen, aus echten organischen Zutaten zubereiteten Abendessen und einem erfrischenden Kaltluftbad im *Candle*, dem besten Restaurant des Humanareals, dann in Leas Apartment. Ich selbst genoss damals noch nicht mein heutiges Wohnprivileg, Lea aber übte ihren hochrangigen Beratungsjob schon seit einer Weile aus, was ihr zu einer wunderbaren Wohnung verholfen hatte, die mit fast vierzig Quadratmetern Fläche wesentlich geräumiger und komfortabler war als meine kaum halb so große Singlezelle. Lea hatte zwischen einem Fensterplatz und mehr Wohnfläche wählen können und sich für die Fläche entschieden, da sie tagsüber selten zu Hause war und der Vorteil des Fensters, wie sie meinte, bei Dunkelheit nicht so sehr ins Gewicht fiel; daran, es zu öffnen, war ohnedies auch nachts nicht zu denken, der Hitze und der Sandstürme wegen. Wir verbrachten damals den Großteil unserer gemeinsamen Zeit bei Lea, sodass die Behörde mich bereits zur Aufgabe meiner Wohnung drängte. Wenn die Anwesenheitsfrequenz in einer Wohneinheit unter einen bestimmten Wert absinkt, wird die Behörde aktiv, verlangt zunächst Auskünfte, dann Änderungen, angesichts der prekären Wohnraumsituation im Humanareal eine verständliche Vorgehensweise. Einige Monate später, in die Leas Tod sich als tiefe Zäsur eingeschnitten hatte, wurde dann mir meine heutige Wohnung zuerkannt; mein beruflicher Aufstieg, verbunden mit dem Recht auf Heimarbeit, hatte mich zum Anwärter auf einen Fensterplatz gemacht. Das war mein Glück im Unglück. Der Blick in den freien Himmel hat immer noch etwas Tröstliches, auch wenn aus ihm ein Strahlengewitter niedergeht.

Damals aber, an jenem Feierabend, floss nicht nur guter Wein – eine Kostbarkeit, da nur geringe Flächenanteile der Agrarhallen für die Erzeugung von Genussmitteln genutzt werden –, wir führten auch ein langes und ernstes Gespräch, wussten wir doch beide, dass meine Situation sich zwar wesentlich verbessert hatte, aber ab sofort auch jederzeit gefährdet war. Kein Kopf rollt so rund wie der eines Genies, spottet der Volksmund. Die Anforderungen, die es zu erfüllen galt, wenn ich meinen Kopf auf den Schultern behalten wollte, waren in meiner Leistungsbeschreibung formuliert: Im Rahmen meiner fachlichen Möglichkeiten, und unbedingt auch unter nachweislicher Erweiterung und Überschreitung dieses Rahmens, sollte ich »Zugänge zu den visionären und gestaltenden Kräften des Hoffnungszeitalters erschließen und diese Kräfte für die existenziell angespannte Situation unserer postanthropozänen Gegenwart nutzbar machen«. Diese Formulierung stammte aus meinem eigenen Projektantrag, der mir wohl einigermaßen über den Kopf gewachsen war, denn was diese Worte, die den Kern meiner Aufgabenstellung zu beschreiben vorgaben, bei allem Wohlklang genau bedeuten sollten, wusste ich selbst nicht. Die Behörde schien es zu wissen oder gab vor es zu wissen, indem sie die Worte unverändert in den Vertrag übernahm und ihre digitale Signatur daruntersetzte.

Wir diskutierten also lange darüber, was jener Passus in meinem Arbeitsvertrag besagen mochte, wie ich selbst ihn gemeint und wie die Behörde ihn möglicherweise aufgefasst hatte; wir zerpflückten jedes Wort, um am Ende doch nur festzustellen, dass er für mich, für Lea, für die Behörde wohl Unterschiedliches heißen mochte. Die flirrenden Ränder der Worte überlappten und überlagerten sich und ließen reichlich Spielraum in der Frage, wo die Messlatte für behördliche Leistungsüberprüfungen liegen würde. Unser Gespräch ließ wohl die letzte Konsequenz vermissen, denn es ging uns zu diesem Zeitpunkt vor allem um unsere private Zukunft, vielleicht sogar mit dem außerordentlichen, nun aber in erreichbare Nähe gerückten Privileg einer Familienlizenz, jedenfalls aber um unsere an den Zeitumständen gemessen geradezu glückliche Lebenssituation, die wir uns möglichst lange erhalten wollten. Da ich Lea das Glück zudachte und sie mir, mindestens so sehr wie wir es uns jeweils für uns selbst wünschten, stand unser Bestreben unter einem unschuldigen oder zumindest entschuldigenden Nimbus der Uneigennützigkeit. Zu einem abschließenden Ergebnis führte unser Gespräch also nicht, und vor allem ist die entscheidende Frage bis heute unbeantwortet geblieben: Was genau erwartet die Behörde von mir, das ich leisten kann, und was kann ich leisten, das den Erwartungen der Behörde entspricht oder zumindest eine Zeit lang so aussieht, als könnte es ihnen entsprechen? Wie kann ich den Wärmestrom der Hoffnung, von dem einst die Rede war, wieder erschließen in diesen Zeiten, in denen Wärme keinen Segen, keine Heimeligkeit mehr bedeutet, sondern, zur Hitze gesteigert, eine unausweichliche Bedrohung?

Wie ich Lea gestand, traute ich mir als Wissenschafter und der Wissenschaft als solcher nicht allzu viel von dem zu, was jenes Leistungsbild so hochtrabend behauptete. Vermutlich hatte die zuständige Person in der Forschungsförderungsstelle nicht allzu gründlich darüber nachgedacht, ob das, was sie da bewilligte und in den Leistungsvertrag übernahm, überhaupt sinnvoll und menschenmöglich war; oder sie hatte die ausdrückliche Dienstanweisung, gerade das Unmögliche herauszufordern, das sich dem Verständnis entzog, weil allein darin, in expliziten Unmöglichkeiten und Unbegreiflichkeiten, noch Hoffnung gesehen wurde. Vielleicht entschied nicht die absehbare Realisierbarkeit des beschriebenen Vorhabens über die Bewilligung, sondern ein Indikatorwert für das Innovationspotenzial, den eine künstliche Intelligenz ermittelte. Es mochte also im Wesen bewilligungsfähiger Forschungsanträge liegen, dass sie den Antragsteller zunächst überfordern mussten, nur so konnten sie glaubhaft machen, nicht vom Mittelmaß zu sprechen, sondern vom Außerordentlichen – und nichts anderes als das Außerordentliche war und ist in solchen Anträgen gefragt. Lea aber gab mir zu bedenken, dass ich nur das, wovon ich selbst einigermaßen überzeugt war, auch überzeugend würde vertreten können. »Glaub an dich, Leo, wachse hinein in deine Aufgabe, imaginiere mit ganzer Kraft, du seist so groß wie sie – nur so kannst du überleben«, sagte sie damals und später noch mehrmals. Jetzt, da Lea tot ist, spüre ich etwas von dem Überlebenswillen, den sie mir eingepflanzt hat.

Die Wissenschaft ist mir zuletzt wieder wichtiger geworden, weil ich nichts anderes mehr habe, das mir wichtig sein könnte. Ich habe ein wenig an sie zu glauben begonnen oder wenigstens begonnen zu glauben, dass ich an sie glaube – und damit auch an mich in der Rolle des Wissenschafters. Manchmal flackert etwas in mir auf, das Begeisterung sein könnte – eine der Erscheinungsformen jener alten Kräfte, denen meine Forschung nachspürt. Dann meine ich im Augenwinkel den Widerschein von etwas wahrzunehmen, das über unseren eigenen Untergang hinausweist. Zumindest aber bin ich es Lea schuldig, das Beste aus meiner Situation zu machen und mich möglichst lange im Sattel zu halten, auch wenn heute niemand mehr auf solchen Metaphern in den Sonnenuntergang trabt. Aber die Zweifel bleiben wach. Keine Frage, es gibt Dinge, die ich nicht verstehe; aber gibt es denn Dinge, die ich verstehe? Bin ich nicht selbst der tote Esel, den ich reite, mit oder ohne Sattel, ein grotesker Anblick in jedem Fall? Und außerdem, ungeachtet meiner Selbstzweifel, überwiegen in mir immer noch die Bedenken, ob das, was ich zu tun beantragt hatte, überhaupt zu einem sinnvollen Ziel führen kann. Denn wie soll uns ausgerechnet der Geist einer Epoche, der uns in unsere heutige missliche Lage navigiert hat, den Schlüssel zur Überwindung dieser Lage in die Hand geben?

Die Behörde toleriert bisher die Skepsis, die ich meinem eigenen Tun gegenüber hege, obwohl ich mit ihr, ein wenig entgegen Leas Rat, bereits in meinem ersten Quartalsbericht nicht hinter dem Berg gehalten habe. Die Wissenschaft weckt Erwartungen, die von der Wissenschaft nicht erfüllt werden können, paraphrasierte ich eine historische Quelle, die dasselbe über Musik behauptet. Möglicherweise sieht die Behörde in meinen Äußerungen einen zulässigen Arbeitsgang der Selbstbefragung, vielleicht sogar eine notwendige Metakompetenz, während ich für meinen Teil höchstens von Metafiktionalität sprechen würde. Aber das sind Unterschiede im Detail, die wohl gänzlich durch den Raster der behördlichen Wahrnehmung fallen. Entscheidend wird am Ende des Tages nur eines sein: dass ich mit meiner Arbeit, um erneut ein gänzlich unzeitgemäßes Bild zu bemühen, einen Anker schmiede, der für das Gemeinwohl ausgeworfen werden kann. Er muss Gewicht haben, sich im Denken der Menschen verhaken, ihnen Halt und Zuversicht geben. Denn eines hat sich seit Jahrtausenden nicht geändert: Das Volk ist bei Laune zu halten, alles andere ist zweitrangig. Dumpfe Wüstenrallyes und Treibjagden auf Flüchtlinge, die zu bestimmten Terminen stattfinden wie früher Weihnachten, Ostern und die Fußball-Weltmeisterschaft, werden dafür nicht ausreichen. Vielleicht sollten wir beginnen, sämtliche Hochämter des Hoffnungszeitalters nachzufeiern, damit ihr festlicher Glanz auf unser Befinden zurückfällt.

30 die Zumutung

Vor meinem Fenster ist eine Drohne vorübergeflogen, vielleicht dieselbe Überwachungsdrohne wie vor einigen Tagen. Der Anblick ruft mir wieder in Erinnerung, was Karel mir über die drohenden Sanktionen berichtet hat. Ich glaube immerhin zu wissen, was die Kommission mir vorwerfen wird, wenn sie meine Arbeitsleistung prüft. »Was wollen Sie uns hier eigentlich erklären?«, wird man mich fragen. »Hatten wir Sie nicht darum gebeten, die Ressourcen des Hochanthropozäns, seine visionären und gestaltenden Kräfte, für unsere sorgenbelastete Gegenwart zu erschließen und nutzbar zu machen? Gewiss keine einfache Aufgabe, doch offensichtlich haben Sie die Anforderung durchaus verstanden, haben Sie sie doch in eigenen Worten ganz in unserem Sinn wiedergegeben: Es geht ausschließlich um Leistung, schreiben Sie, nicht bloß um ordentliche Pflichterfüllung, sondern um die Überschreitung der Norm, den Mut und die Fähigkeit zur Erschließung des gänzlich Neuen, das allein heute noch den Keim möglichen Überlebens in sich trägt. Genau so ist es, Herr Leonard, genau das erwarten wir von Ihnen, doch was tun Sie? Das Prinzip Hoffnung, schreiben Sie, sei außer Kraft gesetzt, die konkrete Utopie verbesserter Lebensverhältnisse, die während des gesamten Anthropozäns vielleicht der wichtigste Antrieb menschlichen Handelns war, ins Unerreichbare verschoben. Das Hoffen als solches sei zum leeren Ritual verblasst, und so weiter und so fort, ein depressiver Abgesang, Herr Leonard, was denken Sie eigentlich, was Sie hier zu tun haben? Sie sollen die Hoffnung wiederbeleben, nicht für tot erklären! An anderer Stelle verweisen Sie den letzten Hoffnungsfunken gar ins Reich der verzweifelten Totenträume einer Dichterin. Glauben Sie, wir kennen Anna Achmatowa nicht, die schon zu ihrer Zeit eine Geächtete des Systems war? Wollen Sie uns über die Geschichte der Poesie belehren? Über die Poesie der Geschichte? Oder vielleicht über jene des Stalinismus? Sehen so Ihre Bemühungen aus, die Kräfte des Hoffnungszeitalters wiederzubeleben? Das bringt uns nicht weiter, Herr Leonard. Arbeiten Sie konstruktiv, zeigen Sie uns die verschütteten Quellen prosperierenden Lebens, nicht seinen ohnedies schon allzu offensichtlichen Niedergang!«

In meinen eigenen Gedanken abgekanzelt wie ein Schuljunge, sehe ich draußen wieder die Drohne. Sie patrouilliert vor meinem Fenster auf und ab, als hätte sie mich bereits im Auge. »Wissen Sie denn nicht, dass die Unsitte der Schriftstellerei längst nicht mehr von Feinsinnigkeit und Intellektualität, sondern von Geschwätzigkeit und Selbstüberschätzung zeugt? Was Sie hier abliefern, ist schon allein aufgrund seines großspurigen literarischen Gehabes eine Zumutung, vom irrelevanten Inhalt ganz zu schweigen. Sie spielen sich auf, als wären Sie der Lehrmeister der Behörde, von deren wahren Aufgaben Sie freilich kaum etwas wissen.« Ich werde um Nachsicht bitten, werde argumentieren, es handle sich bei meiner Niederschrift noch nicht um die eigentlichen, auf die Höhe der Zeit gebrachten Ergebnisse meiner Arbeit, sondern bloß um eine Sammlung roher Materialien im sprachlichen Duktus jener Quellen, die ich auftragsgemäß zu erschließen bemüht sei, um erste Grundlagen für weitere Ausarbeitungen, die sich selbstverständlich, soweit dies fachlich zulässig und möglich sei, an den neusprachlichen Standards orientieren würden. »Soweit dies fachlich zulässig und möglich ist?«, wird man höhnisch nachfragen. »In was für ein Orchideenfach haben Sie sich denn verrannt, Herr Kollege, dass sich

Ihre Arbeit einer zeitgemäßen Ausdrucksweise verweigert? Vielleicht wollen Sie lieber gleich an Insektenfossilien im eozänen Bernstein forschen? Wozu lassen wir Sie an einem Fensterplatz wohnen, mit Blick auf die lichte Kargheit der offenen Landschaft, wenn Sie uns dann anstelle einigermaßen luzider Ergebnisse einen überbordenden, barocken, sich selbst verdunkelnden Sprachdschungel liefern?«

So weit das Offensichtliche, das man ansprechen wird; zudem habe ich einiges zu verbergen. Niemand muss wissen, dass ich eigentlich ein David bin, der es mit zwei düsteren Goliaths zugleich aufnimmt – mit meiner Trauer um Lea und mit der Trauer der Menschheit um sich selbst. Das kann schwerlich gut gehen, ein solcher Kampf ist nicht zu gewinnen. Ich schreibe mich immer tiefer in die eine wie in die andere Trauer hinein, sie fließen ineinander und werden ununterscheidbar wie das Hitzeflirren und der Flugsand. Ich aber werde klare Sicht vortäuschen, wie man sie von einem Wissenschafter erwartet. Ich werde alles sagen, was sie hören wollen, werde mich, wie Lea es mir geraten hat, beschämt und zugleich selbstbewusst zeigen. Ich werde in flammenden Worten die Sinnhaftigkeit meiner Aufgabe darstellen. Ich werde den ersten Evaluierungsdurchgang unbeschadet überstehen wie die meisten Wissenschafter, werde Besserung geloben und mich ein letztes Mal zurechtweisen lassen: »Schwätzen Sie nicht, Kollege Leonard. Seien Sie kein Chatbot. Kürze ist das Gebot der Stunde. Wenn Sie etwas zu sagen haben, schreiben Sie – ein Haiku!« Mit brüllendem Gelächter über diesen gelungenen Scherz wird man mich verabschieden, um nicht zu sagen: hinauswerfen. Damit werde ich noch einmal davongekommen sein. Noch ein Mal.

31 der Traum (4)

Mit ausgebreiteten Flügeln kreise ich um die festungsartigen Außenmauern des Humanareals, immer wieder streifen die Spitzen meiner Handschwingen die Gebäudekanten und Brüstungen. Eine Drohne verfolgt mich, behält mich mit ihren Bewegungssensoren im Blick, zeichnet mit ihrer Kamera meinen Flug auf. In der verspiegelten Glasfront sehe ich mich unverkennbar als Mönchsgeier fliegen, schmutzigbraun und mit verkrustetem Blut um den weißlichen Schnabelgrund, während die Drohne mich wie ein aggressives und stumpfsinniges Insekt umschwirrt. Erinnerungen quälen mich: Eben noch bin ich auf Leas klaffender Brust gehockt und habe von ihren Eingeweiden gefressen, während sie mich aus traurigen Augen ansah. Die Trauer in ihren Augen ist meine eigene, die Trauer macht uns ununterscheidbar, wie die Lust es einst getan hat. Gefühle von Ekel, Schuld und Sehnsucht verwirren und peinigen mich. Du träumst nur, versuche ich mich zu beruhigen und zitiere aus dem Gedächtnis: Wir sind dem Aufwachen nah, wenn wir träumen, dass wir träumen. Doch ich erwache nicht, sondern schlafe weiter bis zum Morgen.

32 die Bildungsfahrt

Mein Wecker läutet um sieben, ich fahre aus dem Schlaf hoch. Ein Termin blinkt auf: Landschaftsbefahrung mit dem Fachinformationsdienst des Überlebensministeriums. Ich habe völlig auf diese Bildungsfahrt vergessen, zu der ich mich vor einiger Zeit, kurz nach Abschluss meines Arbeitsvertrages, beflissen angemeldet habe. »Fahr mit«, hatte Lea, damals noch gesund und glücklich, mir geraten, »auch wenn du vielleicht nicht viel Neues erfährst, nichts, was für dich unmittelbar von Nutzen ist. Du lernst da Leute kennen, und noch wichtiger: sie lernen dich kennen. Wenn man eines Tages deine Arbeit evaluiert, kann es entscheidend sein, wen du kennst und wer dich kennt.«

Ich wäre gewiss früher zu Bett gegangen, wenn mir der heutige Termin bewusst gewesen wäre. Mein Grübeln bis spät in die Nacht hat ohnehin nirgendwohin geführt, all die Erinnerungen, Überlegungen und Befürchtungen, die schließlich in Albträume münden. Ich stehe unter Aufbietung einiger Willensanstrengung auf, kippe einen hochkalorischen coffeinierten Vitaminshot hinunter und werfe einen Blick durch das Fenster, dessen Verglasung sich unter dem Einfall der Morgensonne schon etwas abgedunkelt hat. Draußen treibt ein kräftiger Wind den Feinsand in dicken Schwaden vor sich her, die auch durch das getönte Glas deutlich zu sehen sind. Ich hole das khakifarbene Oberhemd und die Kappe mit der integrierten Staub- und Strahlenschutzmaske aus dem Schrank. Die Kleidungsindustrie hat aus der Klimakatastrophe – oder dem aus den Fugen geratenen Sonnenwachstum, wie es offiziell heißt – längst das große Geschäft gemacht, soweit man hier im Humanareal, nach Abschaffung aller privatwirtschaftlichen Interessen zugunsten des Gemeinwohls, noch von Geschäft reden kann. Niemand verlässt das Humanareal ohne aktiv kühlende Hightech-Bekleidung, die leicht, atmungsaktiv und strahlungsabweisend sein muss, anders hält der menschliche Kreislauf dem Außenklima nicht stand. Das Funktionshemd mit den eingenähten Kühlelementen lässt mich wie eine Schildkröte oder ein Gürteltier aussehen, ganz wie Luis, wenn er von den Agrarhallen kommt.

Als ich das Hemd überziehe und die Kappe aufsetze, verspüre ich eine gewisse Aufregung, denn ich war schon lange nicht mehr draußen. Erinnerungen kehren zurück, die eng mit Lea verbunden sind. Bald nachdem wir uns kennengelernt hatten, unternahmen wir unsere große Reise, jene sogenannte Lebensreise, die jedem Menschen einmal im Leben zusteht. Niemand soll sterben, ohne etwas von der Welt gesehen zu haben, oder von dem, was von ihr übrig ist. Wir freuten uns wie Kinder darüber, dass wir beide unsere Reiselizenz bisher aufbewahrt, aufgespart hatten, als hätten wir im Vorhinein gewusst, dass wir sie eines Tages gemeinsam nutzen würden. Wir entschieden uns, trotz der Hitzestrapazen, für Griechenland, die Wiege der europäischen Kultur, die heute in ihr eigenes Grab oder eher schon: aus ihm herausblickt. Nächtigen würden wir im einzigen Humanareal auf der Peloponnes, das Wohneinheiten für Gäste bereitstellte. Das Klimahemd habe ich seither nicht getragen, denn tatsächlich bin ich seit jener Reise bis heute nie wieder unter freiem Himmel gewesen. Umso unvergesslicher sind mir die damals gesammelten Eindrücke geblieben.

In menschenleeren Landstrichen sahen wir die Ruinen der antiken Tempel und jene der neuzeitlichen Hotels an den nicht minder ruinösen Gestaden des ägäischen Meeres. Der einstige Anstieg der Meere, die seit der Jahrtausendwende wegen des raschen Abschmelzens der Polkappen vorübergehend meterweise hochgeschwappt waren, hatte sich längst umgekehrt, die Pegel waren dramatisch gesunken. Was vom Meer übrig war, eine dickflüssig eingedampfte Salzbrühe, endete kilometerweit vor der ehemaligen Küstenlinie. Die Fischerdörfer und Ferienanlagen, die zur Zeit der Polkappenschmelze allesamt für einige Jahrzehnte ganz oder teilweise unter Wasser gestanden waren, verfielen nun weit im Landesinneren. Die Ägäis beherbergte wie das gesamte Mittelmeer nahezu kein marines Leben mehr, abgesehen von winzigen Salinenkrebschen und wenigen anderen besonders salztoleranten Kleintieren. Fische, auch die zuletzt aus tropischen Meeren eingewanderten Arten wie der Rotfeuerfisch, waren wegen des viel zu hohen Salzgehalts des Wassers, der Überhitzung und des Sauerstoffmangels längst ausgestorben, ebenso Muscheln und Korallen. Das zurückweichende Meer hatte neue Inseln freigegeben, totgeborene Orte, von denen sich manche im Fernglas als Halden von Plastikmüll entpuppten, zu Bergen aufgetürmte synthetische Verpackungsreste aus der Hochzeit des Warenkonsums, als es noch viel zu verpacken gab und das Meer alles zu schlucken schien.

Als Lea und ich am Ufer standen, wirkte das weißliche, von dicken Salzkrusten und rissig aufgetrockneten Schlammwüsten umrandete Meer weit draußen vor unseren Augen noch unbelebter, noch lebensfeindlicher als das steinige Festland hinter uns, wo einzelne aus der Landschaft aufragende Baumstrünke noch von den Olivenhainen zeugten, die hier jahrtausendelang kultiviert worden waren. Einmal huschte sogar, wir trauten unseren Augen kaum, ein winziges Reptil, ein Wüstengecko vielleicht oder eine Eidechse, vor unseren Füßen davon. Ich erinnere mich genau, wie betroffen uns gerade im Kontrast zu der allumfassenden Verwüstung der Anblick spärlicher Lebensreste machte; auf all das waren wir, obwohl wir es besser hätten wissen müssen, so nicht vorbereitet gewesen. Dieses Griechenland lag nicht im Sterben, nein, es war bereits tot, das Band seiner Geschichte war abgerissen, das lose Ende lag verloren in einer schon fernen Vergangenheit. Ich nahm Lea in die Arme, wir weinten beide hemmungslos, als könnten wir das fehlende Salzwasser des Meeres mit unseren Tränen ersetzen. Gemeinsam schwiegen wir lange über den unsäglichen Anblick, der sich uns bot. Irgendwann sprach Lea von Odysseus, der auf seinen Irrfahrten wohl öfters an seinen Tod und den seiner Männer, niemals aber an den des Meeres selbst gedacht hatte. Poseidon ist tot, sagte sie, wie jeder Gott. Wir fuhren durch eine Geisterstadt und mehrere verwinkelte, weitgehend verfallene Dörfer zum Humanareal, das gepanzert wie eine Krabbe am nordseitigen, ein wenig beschatteten Hangfuß eines steil zerklüfteten Gebirgszugs hockte. »Vieler Menschen Städte sah er mit traurigem Herzen, als um sein Leben er rang und die Heimkehr seiner Gefährten«, hatte ich während der Fahrt durch die verlassenen Straßenzüge jener Stadt vor mich hingemurmelt; immerhin das traurige Herz hatte noch seine Richtigkeit, ebenso das Ringen um unser aller Leben, wenn auch in gänzlich veränderten Zusammenhängen. Jetzt aber freuten Lea und ich uns auf ein Kaltluftbad und ein Abendessen, das uns die eine oder andere Köstlichkeit aus mediterranen Agrarhallen versprach.

In diese Erinnerungen versunken, habe ich beinahe die Zeit übersehen (so sagt man doch, nicht wahr) und beeile mich, um gerade noch rechtzeitig zum Treffpunkt bei der Busgarage zu kommen. Kaum habe ich mich der wartenden Gruppe von vielleicht vierzig Menschen angeschlossen, als auch schon ein Schieben und Drängen in Richtung der Bustür beginnt. Man stürmt jetzt das Fahrzeug, als warte dort das Paradies. Als wir durch die Thermoschleuse hinausfahren, ist die Nervosität der Mitreisenden zu spüren, eine aufgeregte Stimmung wie am Beginn einer Klassenfahrt. Bald werden wir vom Exkursionsleiter knapp, aber freundlich begrüßt; mehr, als dass es sich um eine behördliche Bildungsfahrt handelt und er Norbert heißt, erfahren wir zunächst nicht. Ich sitze im hinteren Teil des Busses und kann, während er spricht, nur seinen dunkelhaarigen Kopf sehen, sein scharfes Profil mit Hakennase und die von hervorspringenden Adern gezeichnete Hand, die das Mikrofon hält. Der solarbetriebene Bus ist komfortabel und anfangs sogar stärker gekühlt als das Wohnareal, sodass die individuellen Kühlaggregate der Kleidungen noch ausgeschaltet bleiben. Die volle Outdoorausrüstung mit Handschuhen und Schutzmaske brauche ich nicht anzulegen, da wir uns wohl durchgehend im Bus aufhalten und die Minutenlimits, die für Kurzaufenthalte im Freien für meinen Hauttyp definiert sind, laut Ankündigung jedenfalls nicht überschreiten werden; doch falls wir den Bus verlassen, werden wir wohl alle gerne die Vollvisiermaske tragen, um uns an einem windigen Tag wie heute das lästige Kratzen des Flugsands in den Augen und Atemwegen zu ersparen.

Die Beweggründe, warum alle diese Menschen an der Fahrt teilnehmen, sind unterschiedlich. Ich schnappe auf, dass einige Studierende eines Bioniklehrgangs darunter sind. Mein schon etwas angegrauter Sitznachbar ist, wie er mir gegenüber erwähnt, im Bereich der humanmedizinischen Klimafolgenforschung tätig, »immer der ins Verderben galoppierenden Wirklichkeit ein paar Schritte hinterher und dem eigenen

Verderben hoffentlich noch ein paar Schritte voraus«, wie er mir anvertraut. Eine fünfköpfige Frauengruppe, gesprächige Damen mittleren Alters, halte ich für Beamtinnen der Kommunikationsabteilung. Den Rest der Mitfahrenden kann ich so wenig einordnen wie vermutlich sie mich. Wie müsste ein Vergangenheitsforscher aussehen, damit man ihn als solchen erkennt? Sollte ich eine Retro-Schutzausrüstung im Stil frühneuzeitlicher Forschungsexpeditionen tragen, mit Schnürstiefeln und einem melonenförmigen Tropenhelm? Mein Reden, meine Wortwahl würden mich vielleicht verraten, doch ich sage nichts und beobachte, was um mich geschieht.

Im Lauf der Fahrt verlässt ein kleiner, untersetzter Mann mittleren Alters mehrere Male für einige Minuten den Bus, fotografiert die Verfallsstadien der verwaisten Ortschaften, steckt da und dort die Sonde einer kleinen Messapparatur in den Boden und trägt Daten in sein Tablet ein. Der starke Wind zaust dabei ständig an seiner Schutzkleidung und lässt ihn wie eine zappelnde Kugel aussehen. Mit Interesse verfolge ich sein Tun, ohne zu wissen, was er misst und welche Fragestellung er damit verfolgt. Der Arbeitsvorgang als solcher, dieses Dokumentieren und Notieren, vermittelt eine besondere Schönheit, den Reiz einer augenscheinlichen Zielgerichtetheit, wenngleich oder gerade weil ich sein Ziel nicht kenne. Obwohl sich die Doppeltüren des Busses in der Art einer Schleuse – vergleichbar der Thermoschleuse des Humanareals – hintereinander öffnen und schließen, schwappt die Hitze jedes Mal, wenn der Mann aussteigt oder einsteigt, wie eine Druckwelle herein und legt sich mir schwer auf die Brust. Am keuchenden Atem meines Sitznachbarn merke ich, dass es ihm nicht anders geht. In diesen Momenten wird es still im Bus, kaum jemand spricht mehr, nur die Klimaanlage arbeitet auf Hochtouren, um wieder eine erträgliche Temperatur herzustellen. Die meisten von uns, auch ich, haben jetzt die Kühlaggregate ihrer Oberhemden zugeschaltet. Ein leises, vielstimmiges Summen erfüllt den Bus. Ein Bienenschwarm auf Reisen.

Während eines dieser Stopps bricht eine sehr junge, dunkelhaarige Frau in der Sitzreihe vor mir in Tränen aus. Sobald sie sich ein wenig beruhigt hat, sagt sie halblaut, sodass es die in ihrer Nähe Sitzenden hören können: »Schauen sie hinaus, hier in Grünanger lebte einst meine Familie.« Ich sehe mich um: Grünanger präsentiert sich als staubiger, von graugelben Wanderdünen durchzogener Landstrich, der ein einstiges Dorf kaum erahnen lässt; die meisten Gebäude sind schon eingestürzt und ragen nur wenig aus dem angewehten Sand, einzelne verstreut stehende Häuser stehen noch scheinbar intakt da, wie vorübergehend unbewohnt. »Dort drüben«, deutet die Frau aufgeregt auf ein teilweise verfallenes Gehöft, das auf einer Geländekuppe etwas abseits der Straße steht, »ist das Haus, der Gruberhof, den ich von sehr alten Familienfotos kenne. Ich bin mir sicher, der Garten dort mit der Kinderschaukel, dem Hühnerstall und den umgestürzten Bienenstöcken, ich erkenne alles wieder«, sagt sie und beginnt neuerlich zu weinen. »Verzeihen Sie«, meldet sich ein junger Mann zwei Reihen weiter vorne zu Wort, »Ihre Trauer in Ehren, aber das ist doch wunderbar, dass Sie diesen Ort heute zu sehen bekommen. Ich wünschte, der Bus brächte mich in das Dorf, aus dem meine Vorfahren stammen. Aber das liegt irgendwo in den Bergen, dort fährt heute niemand mehr hin außer dem Mühlenwart. Auf dem einstigen Kirchplatz, vor der Haustür des Greißlers, steht jetzt eine zweihundert Meter hohe Windkraftanlage.« »Ja«, sagt die Frau leise, »ja, natürlich. Aber wissen Sie, auf den Fotos vom Gruberhof, da sind immer Menschen zu sehen, kleine Kinder auf der Schaukel, fröhliche Leute in kurzärmeligen Polo-Shirts oder Blusen, barfuß im Gras. Sie waren glücklich, das sieht man auf den Bildern. Unsere Familienlegende ist eine Scherzfrage: Warum steht der Gruberhof auf einem Hügel? Das haben sie damals gefragt und schallend dazu gelacht, verstehen Sie, die Frage hat genügt, es bedurfte keiner lustigen Antwort. Sie alle haben hier gelebt, mitsamt den Bienen, deren Honig sie gegessen haben und auf die sie manchmal versehentlich getreten sind. Sie hatten Himbeersträucher im Garten und Beete mit Salat und Gemüse. Und heute … das hier … verstehen Sie? Nichts und niemand lebt hier mehr. Niemanden sticht mehr eine Biene. Das Gras ist fort, restlos. Und wann haben Sie zuletzt eine Himbeere gegessen? Gibt es in den Agrarhallen Himbeersträucher? Ich trauere nicht nur um meine Familie und um mein eigenes Leben, ich trauere um die Welt.« Ich kann diesen Gefühlsausbruch gut nachvollziehen, er geht mir nahe, während er, soweit ich sehen kann, die meisten Umsitzenden eher peinlich zu berühren scheint. Auch der Exkursionsleiter räuspert sich und wirft der Frau über die Sitzreihen hinweg einen tadelnden Blick zu. Für Momente möchte ich mich zwischen den Sitzen nach vorne beugen und ihr sagen, dass ich sie verstehe, da wir doch alle in einer Zeit der unermesslichen Verluste leben; ich möchte ihr anvertrauen, dass meine Frau unlängst am Krebs gestorben ist und der Schmerz darüber mir fast den Verstand raubt. Doch etwas lässt mich innehalten, ich weiß nicht was, jedenfalls behalte ich meine persönliche Geschichte lieber für mich wie die anderen hier im Bus. Das Kennenlernen, das Lea mir angeraten hat, wird hier nicht stattfinden, jedenfalls nicht auf einer zwischenmenschlichen Ebene. Man lebt so nahe beisammen im Humanareal, dass das Bedürfnis nach Privatheit, ja Distanziertheit in Situationen wie dieser die Oberhand behält und geteiltes, mitgeteiltes Leid schon wie eine unangemessene Intimität erscheint. Die junge Frau Gruber, falls sie noch diesen Familiennamen trägt, hat diese Lektion noch nicht gelernt.

Das Zischen der Doppeltür unterbricht die Situation, als der Mann mit dem Messgerät und dem Tablet wieder einsteigt. Mit seinem Arbeitsoverall und seinem Kopfschutz sieht er wie ein Imker aus, wie ich ihn von historischen Abbildungen kenne. Auch das möchte ich der Frau vor mir sagen, sehen Sie nur, der Imker, der sich um die Bienen im Garten Ihrer Familie kümmert. Aber es erscheint mir unseriös, unpassend, ich lasse es sein und sage gar nichts. Während wir weiterfahren, fühle ich mich seltsam gefangen in mir, wie abgeschnitten von den Menschen um mich und besonders von der traurigen Frau, die vielleicht dasselbe empfindet.

33 der Vortrag

Plötzlich knackt es in der Mikrofonanlage, und Norberts schon bekanntes Räuspern ist zu hören. »Unsere heutige Bildungsfahrt, meine Damen und Herren, führt uns in einen der ältesten und größten Solarparks des Alpenraums, dessen Anfänge mehrere Jahrhunderte bis in die Frühzeit der Fotovoltaik zurückreichen. Der Teil der Anlage, den wir jetzt vor uns sehen, ist nach dem Prinzip eines Freilichtmuseums errichtet. Sie werden entlang unserer Fahrtstrecke verschiedene Generationen von Solarpaneelen sehen. Man hat hier einige der ältesten Paneele, die noch mit einer Siliziumbeschichtung arbeiten, stehen gelassen, monokristalline und polykristalline Typen ebenso wie die schon etwas moderneren Dünnschichtmodule sowie erste Solarreflektoren mit Spiegelschicht, die eine wesentliche Erhöhung der Energieausbeute ermöglichten. Sämtliche alten Modelle sind in diesem Schaugarten zu Studienzwecken noch in Betrieb und speisen elektrischen Strom ins Netz ein, auch wenn sie natürlich nur einen Bruchteil der Leistung heutiger Komponenten bringen. Außerhalb des Museumsgeländes wurde erst kürzlich ein Großteil des Anlagenbestandes ausgetauscht und arbeitet nach der neuesten Technologie.«

In diesem Moment biegt der Bus in das Solarfeld ein. Beiderseits der Straße, die nun vor uns liegt, erstrecken sich lange Reihen von Paneelen und verwandeln die Landschaft in eine Grafik, ein liniertes Oberflächenmodell ihrer selbst. »Wir befinden uns hier, meine Damen und Herren, in einer sanft eingesenkten, nach Süden geneigten, durch natürliche

Geländestufen begrenzten Bratpfanne von siebenundzwanzig Quadratkilometern Größe, die zur Gänze für die solare Stromgewinnung genutzt wird. Die Geländeformen sind, ob Sie es glauben oder nicht, eiszeitlichen Ursprungs; damals haben Gletscher, die aus den Alpen kamen, mit ihren Moränen diese Landschaft geformt. Alles hier war von zwanzig, dreißig Meter hohen Eismassen bedeckt – da haben wir es doch heute vergleichsweise schön warm, haha, nicht wahr?« Der Exkursionsleiter räuspert sich neuerlich, als sei ihm sein kleiner Scherz im Hals stecken geblieben, und führt weiter aus: »Konkurrenzierende Interessen wie Landwirtschaft, Siedlungsbau und Naturschutz, die anfangs der Errichtung dieses Solarfelds noch enge Grenzen gesetzt und sie jahrelang verzögert haben, sind heute kein Thema mehr. Niemand streitet mehr um verwüstetes Gelände. Die einstigen Sorgen, man würde mit großflächigen Fotovoltaikanlagen die Landschaft verunstalten, die biologische Vielfalt beeinträchtigen oder fruchtbares Ackerland seinem Zweck entziehen, sind ganz offensichtlich gegenstandslos geworden. Das kann man gut finden oder bedauerlich, man kann es vielleicht für ein Glück im Unglück halten. Tatsache ist: Während so gut wie alle anderen Lebensbereiche immer mehr Einschränkungen erfahren haben, sind die Möglichkeiten der Energiegewinnung heute schier grenzenlos. Sie haben sich sozusagen vereinfacht und vervielfacht, haha, nicht wahr? Überall auf der Welt stehen optimale Solarstandorte wie dieser großflächig für die gemeinnützige Versorgung der Humanareale und Agrarhallen zur Verfügung. Und das ist wichtig, wie Sie wissen, denn der Strombedarf, vor allem für Klimatisierungszwecke und auch für die Wasserherstellung, ist weiterhin im Steigen begriffen. Steigt die Temperatur an, wie sie es seit Jahren unaufhörlich tut, erhöht dies den Energieaufwand, den es erfordert, um im Humanareal ein erträgliches Wohnklima zu schaffen und die Agrarhallen in Betrieb zu halten. Sie sehen nun hier auf der rechten Seite die vorhin erwähnten historischen Anlagen, angeordnet als Entwicklungsreihe der letzten Jahrhunderte. Das Jahr der Erstverwendung ist jeweils auf den Tafeln im Vordergrund angeschrieben. Und hier vorne beachten Sie bitte ein besonderes Kuriosum: Diese kleine siliziumbasierte Solarzelle war bereits in den späten 1950er-Jahren an Satelliten in Verwendung, um deren autarke Versorgung zu gewährleisten; schon damals war die Raumfahrt den technischen Entwicklungen im terrestrischen Bereich weit voraus. Noch ein halbes Jahrhundert später steckte die Fotovoltaik hier auf der Erde einigermaßen in den Kinderschuhen, fossile Brennstoffe spielten zulasten des Weltklimas noch immer die Hauptrolle für die Stromerzeugung und Wärmegewinnung sowie als Treibstoffe für rund eine Milliarde Autos weltweit.«

Der Mann macht seine Sache gut, finde ich, man hört ihm gerne zu. Aber die Unterschiede zwischen den einzelnen Anlagentypen, die er nun näher erläutert, interessieren mich nicht. Ich folge dem Vortrag nur noch mit einem Ohr, gerade aufmerksam genug, um den Wechsel zu einem neuen Thema nicht zu versäumen. Mich beeindruckt die enorme Weitläufigkeit des Solarfeldes. So weit das Auge reicht, ist das Areal mit tausenden Paneelen bestanden. Die Zeilen und Reihen lassen mich in ihrer Einförmigkeit an einen Soldatenfriedhof denken, die einzelnen Solarpaneele an die glitzernden Grabmale gefallener Engel. Himmlische Heerscharen nach verlorener Schlacht. Lea würde mich belächeln für meine weltfremden Gedanken.

Der Exkursionsleiter holt nun zu Erläuterungen der Klimasituation aus, die im Wesentlichen nur das wiedergeben, was den Anwesenden aus den offiziellen Darstellungen der Behörde ohnehin bereits hinlänglich bekannt ist – und was Karel bei unserem Treffen entschieden als Unsinn abgetan hat: »Wie Sie wissen, meine Damen und Herren, steigt die Leuchtkraft und Energieabstrahlung der Sonne seit einiger Zeit unerwartet an, deutlich stärker, als sie es seit ihrer Entstehung immer schon getan hat. Trotz großer Fortschritte der Grundlagenforschung wissen wir noch immer nicht genau, was zu den intensivierten Kernfusionen im Inneren der Sonne geführt hat. Vielleicht sind frühere Prognosen der Entwicklung unseres Zentralgestirns einfach nur von falschen Voraussetzungen ausgegangen, von letztlich unzulässigen Vergleichen mit anderen Sternen ähnlichen Alters und ähnlicher Größe. Der Erwärmungstrend geht in seinem Ausmaß und vor allem in seiner Geschwindigkeit weit über alles hinaus, was sich in erdgeschichtlichen Wärmeperioden der letzten fünfhundert Millionen Jahre zugetragen hat. Noch verdunsten die Ozeane nicht ganz, noch hält sich etwas Wasserdampf in der Atmosphäre, aber kaum eine Lebensform kann auf die Dauer mit den rasant veränderten Bedingungen Schritt halten. Auch der Mensch könnte dies nicht, wäre er nicht in der Lage, dank technischer Hilfsmittel jenes Bioklima zu schaffen, das er für sein Überleben braucht – wenn auch natürlich nur kleinräumig in den Humanarealen. Die Sonne betreibt nicht nur unsere Solarparks, sie befeuert auch die Starkwinde, die um den Globus fegen und Millionen von Windrädern pausenlos rotieren lassen. Dank dieser schier unerschöpflichen Energiequellen kann das Klima der Humanareale und Agrarhallen derzeit noch gut aufrechterhalten werden, auch die Industrie kann diesbezüglich praktisch uneingeschränkt agieren, während es ihr an allerlei Rohstoffen, deren Reserven erschöpft oder unter den heutigen Bedingungen nicht mehr nutzbar sind, und natürlich an Wasser fehlt. Die Energieumsätze haben Dimensionen erreicht, die noch vor wenigen Jahrzehnten undenkbar gewesen wären. Aufgrund unserer komprimierten Siedlungsform erreicht die Energieverbrauchsdichte in den Humanarealen mehr als das Zehntausendfache des vergleichbaren Wertes einer herkömmlichen Großstadt des, sagen wir, beginnenden dritten Jahrtausends. Die Sonne liefert also die Energie und macht damit jene Probleme vorerst – wohlgemerkt vorerst – beherrschbar und erträglich, die sie selbst zunehmend verursacht.« Norbert verstummt für einige Augenblicke; offensichtlich hat er damit wieder ein Kapitel seines Vortrags zu Ende memoriert. Ich beginne mich zu fragen, worauf dies alles hinauslaufen soll. Auf bloße Propaganda für den Entschuldigungsmythos, wonach der Mensch die Klimakatastrophe nicht selbst herbeigeführt habe? Die bisherigen Ausführungen lassen noch keinen Schluss zu, welche Absicht Norbert im Auftrag der Behörde mit dieser Bildungsfahrt verfolgt.

»Was aber noch entscheidender ist als das vorhin Gesagte«, leitet Norbert kurz darauf zu einem neuen Thema über, »entscheidend nämlich für die Zukunftsperspektiven der Menschheit, ist die bedauerliche Tatsache, dass die technischen Voraussetzungen jener Auswanderungsszenarien, in die wir seit einiger Zeit unsere Hoffnungen setzen müssen, immer noch dramatisch unterentwickelt sind. Entgegen früheren Annahmen wird aller Voraussicht nach keines dieser Szenarien rechtzeitig verwirklicht werden können, weder die arterhaltende Auswanderung einer geringen Anzahl von Menschen noch ein Exodus größeren Ausmaßes. Und es ist nicht nur der Faktor Zeit, der gegen uns arbeitet. Mehr denn je steht in Frage, ob unsere Abreise von der Erde jemals etwas anderes wird sein können als ein Aufbruch in den sicheren Tod. So banale Fragen wie jene der Ernährung sind trotz intensiver Bemühungen der Wissenschaft immer noch völlig unzureichend gelöst. Zwar haben wir den einen oder anderen wasserbedeckten Exoplaneten in geeigneten Temperaturzonen ausfindig gemacht, doch als Lebensstätte, als Ersatz für die unwirtlich gewordene Erde, erscheinen diese Himmelskörper weder geeignet noch in realistischen Zeitspannen für uns erreichbar. Wir sitzen hier also auf der Erde fest wie die Ratten auf dem sinkenden Schiff, das sie entgegen dem landläufigen Sprichwort in Wahrheit nicht verlassen können, haha, nicht wahr? Lichtjahre trennen uns von jedem rettenden Ufer.«

Wir fahren eine kilometerlange Solarzeile entlang, beiderseits der Straße stehen riesige Paneele wie Alleebäume mit breit ausladenden Kronen. »Wie Sie wahrscheinlich wissen«, fährt Norbert fort, »versuchte man sich eine Zeit lang an technischen Eingriffen großen Maßstabs, probierte dies und das aus, um den Klimakollaps abzuwenden. Man brachte riesige metallene Reflektoren auf eine Erdumlaufbahn, viele Quadratkilometer große Drahtnetzstrukturen, um die übermäßige Einstrahlung zurück ins All zu werfen. Man versprühte Schwebeteilchen von Schwefelsäure in der Atmosphäre, um Kondensationskerne für Wolken zu schaffen und so eine Abkühlung zu erzielen, wie man sie nach großen Vulkanausbrüchen kennt. Doch diese Bemühungen sind die Gehversuche eines unbeholfenen Kindes, das nur einen einzigen Schritt überblickt und mit dem nächsten schon grandios auf die Nase fällt, haha, nicht wahr? Aber das Lachen wird uns bald vergehen. Erst unlängst an unserem Himmelfahrtstag, der übrigens – wussten Sie das? – als augenzwinkernde Reminiszenz an einen Kirchenfeiertag früherer Jahrhunderte so genannt wird, haben die Überlebensbehörde und die Raumfahrtbehörde in ihrem gemeinsamen Jahresbericht den unerfreulichen Stand der Dinge erneut bekräftigt. Sicherlich haben Sie entsprechende Nachrichten, teilweise in abgeschwächter oder geschönter Form, gehört, gesehen oder gelesen. Aber glauben Sie mir, meine Damen und Herren, die schwärzesten Versionen sind jene, die der Realität am nächsten kommen. Im Jargon ihrer humorbegabten Belegschaft wird die Raumfahrtbehörde nur noch Himmelfahrtskommandozentrale genannt. Ein kindisches Wortspiel, gewiss, aber es trifft die Sache nur allzu gut. Unsere verbliebenen Chancen beschränken sich auf eine enge Zeitspanne, auf die Lebenszeit weniger Generationen.«

Ja, denke ich, sieben oder acht Generationen, ich kenne die Berechnungen. Diesbezüglich hält Norbert sich an die Wahrheit. Warum sollte er dann beschönigend lügen, was die wahren Ursachen der zunehmenden Hitze betrifft? Hat Karel sich geirrt? Oder geht es um konkurrierende Fachmeinungen, die sie beide mit Überzeugung vertreten? Die flimmernden Ränder der Wahrheit, denke ich, ihre gebrochenen Bilder. Wieder hat Norbert eine kleine Pause eingelegt. Im Bus ist es still geworden. Dass ein Behördenvertreter die Ausweglosigkeit unserer Situation mit so deutlichen Worten benennt, ist ungewöhnlich. Die fünf Damen, die einige Reihen hinter mir sitzen, haben ihre Köpfe zusammengesteckt; ihnen ist Norberts Kommunikationsstrategie wohl nicht ganz geheuer, vielleicht fühlen sie sich in ihren Kompetenzen übergangen. »Um mich nun also«, fährt Norbert mit etwas belegter Stimme fort, »dem eigentlichen Thema unserer Studienfahrt genähert zu haben: Dieses Solarfeld hier, überhaupt der rasante, beinahe hektisch anmutende Ausbau der Solar- und Windenergie, wie wir ihn in den letzten Jahrzehnten erlebt haben, ist nichts anderes als der Ausdruck unseres Wettlaufs mit dem Tod. Erinnert Sie dieses Solarfeld an einen Heldenfriedhof? Und fällt Ihnen dazu ein, dass diese sogenannten Helden allesamt arme Würstchen waren, die auf den heißen Grill eines Krieges geworfen wurden, haha, nicht wahr? Dann haben Sie das Wesen der Sache erkannt. Nicht wer diesen Wettlauf gewinnen wird, steht noch ernsthaft in Frage, sondern lediglich wann genau der Kollaps unserer lebenserhaltenden Systeme eintritt. Selbst die leistungsstärksten Kühlsysteme brechen irgendwann zusammen, wenn die Umgebungstemperatur immer weiter und weiter steigt.«

Der Bus hat mittlerweile das Solarfeld in einem weiten Bogen durchfahren und biegt auf die Hauptstraße ein, die zurück in Richtung des Humanareals führt. »Sie werden sich nun vielleicht fragen«, beginnt Norbert etwas zögerlicher, ganz so, als würde er ein wenig extemporieren, etwas so nicht Vorbereitetes bringen, oder auch bloß diesen Eindruck erwecken wollen, um die Aufmerksamkeit für das große Finale seines Vortrags nochmals zu wecken, »Sie werden sich möglicherweise schon gefragt haben, worauf dies alles hinausläuft, was es ist, das ich Ihnen hier letztlich sagen will. Zugegeben, was ich Ihnen bisher erzählt habe, ist im Wesentlichen allgemein verfügbares Wissen; bei entsprechendem Interesse, das ich bei Fachkräften wie Ihnen als gegeben voraussetze, können Sie es jederzeit auf dem üblichen Weg hochladen und haben das wahrscheinlich schon getan, ohne dafür mit mir durch die Wüste fahren und mir eine Stunde lang zuhören zu müssen. Verzeihen Sie mir, wenn ich Sie vielleicht gelangweilt habe. Aber glauben Sie mir, meine Damen und Herren, weder will ich Ihre noch meine Zeit vergeuden. Wir machen hier keine Klassenfahrt, keine Vergnügungsreise. Wir sprechen über fraglos Unerfreuliches und darüber, welchen Umgang mit diesem Wissen die Behörde von Ihnen, die Sie auf unterschiedliche Weise gesellschaftliche Verantwortung tragen, erwartet. Wir wissen, wir haben es mit Fakten zu tun, die den weiteren Lauf der Welt zu unseren Ungunsten bestimmen. Das also wird unser Ende sein, sagen wir uns jeden Tag und können es dennoch nicht begreifen, denn jedem System, so auch unserem Gehirn, fällt es schwer, seine eigenen Grenzen, sein eigenes Ende zu erkennen und anzuerkennen. Gewiss wäre es schön, die längst zu Tatsachen erhärteten Prognosen in die lange Reihe jener Weltuntergangsfantasien zu stellen, die sich als Hirngespinste, Verschwörungstheorien, religiös grundiertes Gerede von der Apokalypse oder als Projektionen eines ganz diesseitigen Selbstekels entpuppen. Aber nehmen Sie mit mir zur Kenntnis, Derartiges ist nicht der Fall.«

34 der Einwand

In der vordersten Sitzreihe hat sich jemand ohne Mikrofon zu Wort gemeldet, ich verstehe einzelne Wörter, die im Ton der Empörung lauter als der Rest der Sätze ausgerufen werden, dick unterstrichene Keywords wie: Klima und Verantwortung und Vorspiegelung falscher Tatsachen. Natürlich kann ich mir zusammenreimen, worum es geht. Mit einer barschen Geste führt Norbert das Mikrofon an den Mund und unterbricht den Redner lautstark: »Selbstbezichtigungen, wonach wir den Klimakollaps herbeigeführt, ihn durch Untätigkeit und falsche Tätigkeit immer weiter befeuert hätten, helfen uns nicht weiter. Mag sein, wir waren nicht immer Musterschüler, mag sein, man kann uns das eine oder andere Versäumnis vorwerfen. Doch das ist heute angesichts der dramatischen Entwicklung unseres Zentralgestirns schlichtweg irrelevant. Und Sie, Herr Klassenbester in der ersten Reihe, Sie halten die Zunahme der Sonnenaktivität also für Fake News? Sie leugnen die Befunde der Wissenschaft? Und die Erde ist eine Scheibe, nicht wahr!«, schreit Norbert nun ungehalten in sein Mikrofon. Dann fasst er sich und fährt in gehobenem Ton fort wie ein Wanderprediger. »Verhalten Sie sich, meine Damen und Herren, wie man es von einer aufgeklärten Menschheit erwarten darf. Bleiben Sie bei der Wahrheit, bei der Vernunft! In den Ämtern und Funktionen, die Sie bekleiden, sind Sie alle dafür zuständig, keine Beschönigung, Verklärung oder Verunglimpfung der Faktenlage, keine quasireligiösen Ausflüchte zuzulassen. Seien Sie knallhart, widersetzen Sie sich den Normen Ihres Fachgebietes, weichen Sie keinem Paradox aus, scheuen Sie in Ihrer Arbeit, in Ihren Überlegungen und

Visionen keinen noch so gewagten Rösselsprung! Arbeiten Sie mit an der Bündelung unserer Kräfte, damit wir, wenn es denn sein muss, in Würde untergehen, in dem Wissen, alles Menschenmögliche getan und manches Menschenunmögliche versucht zu haben! Das bloße Fortspinnen begonnener Erzählungen, das bloße Einhalten überkommener Spielregeln bringt uns nicht mehr weiter. Seien Sie unartig, denken Sie großartig! Bringen Sie in Ihrem jeweiligen Arbeitsumfeld radikal zu Ende, was bisher nur kühn geträumt oder halbherzig angedacht wurde! Sie alle wissen: Nur das absolut Überraschende, das überraschend Absolute kann uns vielleicht noch retten. Sie alle, meine Damen und Herren, nehmen dieses unbequeme Wissen heute mit in ihren Berufsalltag. Danke für Ihre Aufmerksamkeit, für Ihr Verständnis, für Ihre Solidarität. Wir brauchen Sie, jeden Einzelnen und jede Einzelne von Ihnen.«

Es bleibt nun sehr still im Bus, eine angespannte Stille, die spürbar von den unruhig kreisenden Gedanken der Fahrgäste erfüllt ist. Ich selbst werde nicht recht schlau aus dem Gehörten. Es gibt mir zu denken, wie entschlossen, ja aggressiv Norbert vorhin den Einwand beiseitegewischt hat, es könnte der menschengemachte Klimawandel sein, dessen Folgen wir nun zu verantworten hätten. Kann nicht sein, was nicht sein darf? Schafft man Fake News aus der Welt, indem man ihre Kritiker der Verbreitung von Fake News bezichtigt? Andererseits: Welchen Unterschied macht es heute noch, ob die eine oder die andere Version der Erzählung zutrifft, wo doch beide gleichermaßen fatal sind? Ich finde keine Antwort darauf und sinniere über die Denkmöglichkeit einer bahnbrechenden Problemlösung, wie Norbert sie zuletzt angedeutet hat: das absolut Überraschende, das überraschend Absolute. Das klingt nicht schlecht – haha, nicht wahr, denke ich mir dazu, um mich besser in Norbert hineinversetzen zu können. Ist aber dieser Keim einer Hoffnung, das Anstreben eines namenlosen Durchbruchs und die unbestimmte Adressierung des Absoluten, nicht auch wieder nur eine von jenen Beschönigungen, die er selbst eben noch als unvernünftig angeprangert hat? Kann es der Behörde bei der gegebenen Faktenlage wirklich noch um überraschende Lösungen gehen, die aus irgendeinem der in diesem Bus vertretenen Arbeitsgebiete wundersam hervorgehen sollen? Ist das der fadenscheinige Zusammenhang, in den auch meine eigene Arbeit, dieses erneute Schüren einer heruntergebrannten Hoffnung, sich einfügen soll? Fragen über Fragen stellen sich mir, und Norberts Vortrag hat sie nicht beantwortet.

35 das Taschenfernrohr

Wir sind nicht mehr weit vom Humanareal entfernt, eine Viertelstunde Fahrtzeit vielleicht, als ich aus meinen Gedanken hochschrecke. In den vorderen Sitzreihen ist Unruhe aufgekommen. Gesichter drücken sich gegen die Scheiben und Finger deuten in eine Richtung, in der ich außer einigen verfallenen Häusern und einer Gruppe von Windrädern zunächst nichts Besonderes erkennen kann. Der Exkursionsleiter springt auf – zum ersten Mal sehe ich seine groß gewachsene, schmalschultrige Gestalt – und fordert den Busfahrer auf, sofort anzuhalten. Nun, da der Bus stillsteht, kann auch ich erkennen, dass sich dort draußen etwas bewegt, eine kleine Gruppe von Personen inmitten der steinigen Ebene. Sie halten langsam auf unser Humanareal zu, das sich, am Horizont bereits deutlich sichtbar, einige Kilometer vor uns aus der Wüste erhebt. Immer wieder kommt es vor, dass sich Flüchtlinge aus anderen, schlechter ausgestatteten Arealen oder aus den Sammellagern des Nordens bis zu uns durchschlagen oder es zumindest versuchen; die Wege und Unwegsamkeiten, so hört man, sind lose gesäumt von den sterblichen Überresten derer, die den Strapazen nicht standhalten. Mit überraschend veränderter Stimmlage, in einem Befehlston, der augenblicklichen Gehorsam einfordert, wirft Norbert die Frage in die Reihen, ob jemand ein Fernglas dabeihat. Sofort werden einige optische Geräte nach vorne durchgereicht. Ein leistungsstarker Feldstecher mit Bildstabilisator und Flimmerfilter ist dabei, wie auch Luis ihn verwendet, um die klimatechnischen Funktionsanzeigen der Agrarhallen aus der Ferne zu kontrollieren. Norbert hält ihn sich vor die Augen, während die anderen, nicht benötigten Geräte wieder nach hinten wandern. Ich greife mir eines davon, ein kleines Taschenfernrohr in altmodischer Bauart, ausziehbar und in Messing gefasst. Nun habe ich ein Attribut, das mich als Vergangenheitsforscher verrät wie der Dreizack den Poseidon und der Flügelschuh den Hermes. Ich brauche einige Momente, bis ich die Gruppe in dem engen Gesichtsfeld eingefangen und, soweit die flirrende Luft es zulässt, scharfgestellt habe. Fünf Erwachsene und drei Kinder meine ich zu erkennen, alle in Schutzanzügen und mit Rucksäcken. Ihre Erschöpfung ist unübersehbar, taumelnd setzen sie Schritt vor Schritt. Sie halten auf den Mast einer Hochspannungsleitung zu, in dessen schmalem Schatten ich einige weitere Personen erkenne, die sich dort offensichtlich bereits zur Rast niedergelassen haben.

Der Führer, als solcher gebärdet sich Norbert jetzt, telefoniert, berichtet mit scharfen Gesten, gibt Lagekoordinaten durch, nimmt mit kantigem Nicken Anweisungen entgegen. Indessen werden Stimmen laut, die verlangen, auf die Gruppe zuzufahren und sie in den Bus aufzunehmen. Die junge Frau von vorhin deutet aufgeregt auf die freien Sitzreihen ganz hinten. »Wir haben Platz genug hier, oder etwa –?«, will sie sich ereifern. »Das ist verboten«, fällt Norbert ihr streng ins Wort, »das wissen Sie ganz genau. Sie müssen mich verstehen, ich bin auf Ihrer Seite. Es ist meine Aufgabe, Sie alle wohlbehalten wieder zurückzubringen. Wollen Sie etwa, dass unser Ausflug in einem sehr unerfreulichen Einsatz der Sicherheitskräfte endet, mit einem folgenreichen Strafverfahren als Nachspiel?« Die Damenrunde hinter mir pflichtet ihm bei, während anderswo ein Murren durch die Reihen geht, dem ich mich zögernd anschließe. Es widerstrebt auch mir, die Menschen dort draußen sich selbst zu überlassen. Aber allen ist klar, dass Norbert im Recht ist – zumindest in dem, was der Behörde als Recht gilt – und letztlich in unserem Interesse handelt. Die Behörde wird die Hunde schicken oder die Drohne. Niemand von uns will in das, was dann geschieht, verwickelt werden.

Das Fernrohr vergrößert ausreichend, doch das Bild ist kontrastarm und wegen des Flimmerns etwas verschwommen, die Personen erscheinen als wenig detaillierte Silhouetten mit zerfließenden Konturen. Ich schaue lange in das Okular und versuche mir zu vergegenwärtigen, dass ich lebendige Menschen sehe, die ihre Situation mit allen Sinnen durchleiden, die Hitze, den Durst, die Todesangst. Die Beugung des Lichts an den Linsen des minderwertigen Fernrohrs begrenzt das Auflösungsvermögen, und an den Rändern meines Gesichtsfeldes verliert sich das Bild in bläulichen Ringen. Ich achte darauf, die Menschengruppe im besten Schärfebereich in der Mitte des Sehkreises zu halten, aber wegen der großen Entfernung kann ich nichts von der Mimik der Menschen und nur wenig von ihren Gesten erkennen. Plötzlich aber heben sie alle fast gleichzeitig die Arme und beginnen, uns wie Schiffbrüchige mit großen Bewegungen zuzuwinken. Offenbar haben sie den Bus erst jetzt entdeckt.

Ich beobachte diese Menschen, sehe ihren Versuch einer Kontaktaufnahme mit uns, während der Bus weiterfährt und die Gruppe zurücklässt. Das langsame Sinken der Arme kann ich noch erkennen, dann setze ich das Fernrohr ab. Ich erschrecke über mich selbst, denn ich empfinde kaum etwas, bloß seichtes Mitleid, das an der Oberfläche meiner Gedanken treibt, aber nicht durchstößt in emotionale Tiefen. Empathie ist, so haben wir es gelernt, wie jede Ressource eng begrenzt; man hat mit ihr sparsam umzugehen, um sich selbst und das Gemeinwohl nicht zu gefährden. Ist es besser, gut zu sein oder stark? Diese Frage stellt sich nicht mehr in Zeiten der alles überrollenden Schwäche, der kollektiven Überforderung. Wir haben keine Wahl, wir sind, das ist die Wahrheit, weder gut noch stark.

Noch einmal ergreift Norbert das Wort. »Meine Damen und Herren, ich darf Sie darüber informieren, dass ich das Vorkommnis vorschriftsmäßig gemeldet habe. Die Personen werden in Kürze aufgegriffen und ins Boot gebracht, sofern die Monatsquote dies noch zulässt.« Das Boot ist, wie jeder weiß, ein Seitentrakt des Humanareals, der nach einem kielförmigen Gebäudevorsprung so benannt ist. Er fungiert als Auffangzentrum für Flüchtlinge. Meist heißt es, das Boot sei voll. Es existieren nur Gerüchte darüber, was in diesem Fall mit Neuankömmlingen geschieht. Ohne Wohnrecht kein Bleiberecht, ohne Bleiberecht kein Existenzrecht, das ist die heutige Realität. Wir alle wissen, dass die Hunde scharf und die Drohnen mit Lenkwaffen bestückt sind. Der Führer sagt nichts mehr, bis der Bus die Thermoschleuse passiert hat. Als er sich durch das Mikrofon von der Gruppe verabschiedet, bemüht er sich, nochmals an den freundlichen Ton seines Vortrags anzuknüpfen. Dann eilt er davon.

Zurück in meiner Wohneinheit, nehme ich eine wohltuende Dusche, mehrere Sekunden lang, und esse die Mahlzeit, die für mich bereitsteht. Ich werfe mich nass aufs Bett und schließe die Augen. Paradiese und Gefängnisse sind relativ, denke ich, bevor ich einschlafe. Die momentane Sicherheit dieses Ortes, die angenehm befeuchtete Luft mit Temperaturen unter dreißig Grad in meiner Wohnzelle und die bisher noch zuverlässige Ernährungssituation hätten Millionen von Menschen, die in den letzten Jahrzehnten und Jahrhunderten da draußen unter den widrigsten und widerlichsten Umständen umgekommen sind, zweifellos als paradiesisch empfunden. Jeder Flüchtling hat genau dieses Paradies vor Augen, wenn er sich auf seinem Weg durch die Wüste Tag für Tag vorwärtsquält, um ein Humanareal wie unseres zu erreichen. Hätte andererseits jemand vor ein paar Jahrhunderten gewusst, wie unser heutiges Leben aussieht, er hätte uns geradewegs auf ein höllisches Gefängnis zugehen sehen.

36 die Nachricht

Während mich das Erlebte nicht loslässt, kündigt ein Summen auf meinem Nachtkästchen den Eingang einer Nachricht an. Das Wesen der Telekommunikation ist wenig anders als zu Beginn des Jahrtausends, denke ich amüsiert; an den entscheidenden Dingen, wie Mobiltelefone es sind, wird die Menschheit wohl noch in ihren letzten Atemzügen festhalten. »Leonard«, beginne ich eine Nachricht von unbekanntem Absender zu lesen, »du bist der Einzige, den, so hoffe ich jedenfalls, meine letzte Mitteilung noch erreichen kann. Meine Frau, meine Freunde, alle werden mir als gesperrt angezeigt, und sobald ich diese Zeilen abgeschickt habe, wird es mit dir nicht anders sein.« Karel, schießt es mir durch den Kopf, die Nachricht muss von Karel kommen, von dem ich seit unserem Treffen nichts mehr gehört habe. »Wir, eine Gruppe von knapp vierzig Leuten«, lese ich weiter, »ziehen hier über die einstigen Permafrostböden Westsibiriens, die natürlich längst aufgetaut und über weite Strecken bereits so trocken sind, dass man einigermaßen sicher darauf gehen kann. Nur hier und da versinkt man plötzlich bis zur halben Wade in zähem Morast, aber das ist unser geringstes Problem. Heute ist, wenn ich mich nicht verzählt habe, der einunddreißigste Tag unseres Marsches. Wir alle sind geächtete Existenzen, Bürden der Gesellschaft, die an ihren wissenschaftlichen, künstlerischen oder intellektuellen Projekten gescheitert sind, zumindest in den Augen der Evaluierungskommission, also hat man uns deportiert, falls dieses Wort zutreffend ist. In die Wüste geschickt, trifft es vielleicht besser. Du wirst es nicht glauben, aber es gibt zu diesem Zweck einen viele Kilometer langen unterirdischen Gang, der unter dem Boot beginnt und ins Nirgendwo führt. Für Fragen blieb keine Zeit, ebenso wenig für die Ordnung persönlicher letzter Dinge. Aus einem Korridor des Amtsgebäudes, in dem wir auf eine angebliche Anhörung warten sollten, trieben uns vorrückende Elektroschockfelder in den Keller des Bootes und mehrere Stunden lang weiter durch den schmalen Gang, bis dieser uns außerhalb der Sichtweite des Humanareals ausspuckte. Eine ältere, etwas gehbehinderte Frau, eine Malerin und Skulpturistin, soviel ich weiß, kam nicht rasch genug voran und wurde regelrecht gegrillt. Am Ausgang lag ein GPS-Empfänger bereit, sonst nichts. Eine Drohne kreiste einige Minuten lang über uns, tief genug, dass man ihre Waffenausstattung erkennen konnte, und lange genug, um außer Zweifel zu stellen, dass wir gemeint waren. Ein Trampelpfad, den offensichtlich schon viele vor uns gegangen waren, führte Richtung Nordosten, verlor sich aber bald in der Spurlosigkeit einer Steinwüste. Weit und breit war kein Mensch zu sehen. Auch heute ist niemand bei uns, der uns auf dem alten Bahndamm, dem wir derzeit folgen, weiterzugehen zwingt, nur die Drohne taucht von Zeit zu Zeit auf, begleitet uns ein Stück wie ein Hund und verlässt uns wieder. Die Zeitcodes der Versorgungslager diktieren uns ein hohes Marschtempo, das wir einzuhalten haben, wenn wir nicht vor verschlossenen Depots stehen und binnen weniger Tage verdursten und verhungern wollen. Mittlerweile haben wir das Uralgebirge gequert und im Westsibirischen Tiefland den fünfundsechzigsten Breitengrad überschritten. Das war in der Kürze eines Monats nur möglich, weil wir zuvor einige hundert Kilometer auf einer Güterbahn zurückgelegt haben, die hier noch fallweise verkehrt. Wo in der zur Steppe verdorrten Tundra noch ein Rest von Feuchtigkeit steckt, steigen schwarze Wolken von Stechmücken auf, die uns, einen nach dem anderen, mit einem malariaähnlichen Fieber infizieren, dessen Erreger unser Immunsystem nicht kennt; vermutlich ist er aus den prähistorischen Tiefen des Torfbodens in die Gegenwart entlassen worden. Ich bin momentan noch gesund, zähle die entzündeten Mückenstiche auf meiner Haut und warte Tag für Tag auf den Ausbruch der Symptome. Es liegt an uns, ob wir dem Elend, das uns im Sammellager ohne Zweifel erwartet, entgegengehen oder lieber gleich hier sterben wollen. Bei der morgendlichen Marschbesprechung, die wir uns verordnet haben, wird die Zahl derer, die noch weitergehen wollen, mit jedem Tag kleiner. Es heißt, die Satelliten, die uns die Zeitcodes senden, können jeden Tag verglühen, die Batterien des Empfängers jederzeit zur Neige gehen, dann wären wir orientierungslos. Das lässt manche ans Aufgeben denken und bestärkt die anderen darin, dass nicht wir selbst es sein wollen, die uns verloren geben. Unterwegs haben wir einige tote Körper gesehen, vertrocknet wie Rosinen oder bis auf die Knochen abgefressen von Tieren, die es immer noch da und dort gibt; ich habe zwei Füchse vorbeihuschen und immer wieder Kleinvögel auffliegen gesehen, die eine von uns als Brachpieper und Ohrenlerchen zu erkennen meinte. Ihr, einer Ornithologin, die vor einem Monat noch für die Kleinvogelbestände in den Agrarhallen zuständig war, ist es gelungen, mit improvisierten Fallen einige der Vögel zu fangen, was uns zwar eine begehrte, fast handgreiflich umkämpfte Zusatzmahlzeit eingebracht, uns aber bedrohlich viel Zeit gekostet hat, die wir nun durch Gewaltmärsche wettmachen müssen. Wegen der hohen nördlichen Breite konnte sich hier also noch etwas mehr Leben halten als um unser, nein, um euer Humanareal am Alpenrand, und doch ist die Hoffnungslosigkeit hier unausweichlicher als irgendwo sonst. Denn außer jenem einen, riesigen Lager, auf das wir zusteuern und über das die schrecklichsten Gerüchte kursieren, gibt es hier nur alle paar Dutzend Kilometer die ruinösen

Grundmauern einstiger Ortschaften, sonst nichts. Sobald ich diese Nachricht beende, wird sie, das sagte ich schon, meine letzte sein, die ich verschicken kann, und auch du wirst mir nicht antworten können. Die meisten von uns sind bereits von allen Kontakten abgeschnitten, gerade vor drei oder vier Wegstunden hat wieder jemand sein nutzlos gewordenes Mobiltelefon mit einem Wutschrei fortgeworfen. Am Rand der Erschöpfung, heißt es, reden wir alle in Hauptsätzen – aber davon lasse ich mich nicht kleinkriegen. Ich will nicht stammeln, sondern mich kultiviert von dir und der Welt verabschieden, eine Postkarte mit Grüßen aus dem schönen Sibirien, wenn du so willst. Aber du willst nicht, ich weiß – verrückt müsstest du sein. Verzeih, dass ich dich behellige. Ich habe mit meiner Nachricht absichtlich so lange gewartet, um dir, und über dich vor allem auch Antonia, über einen bereits fortgeschrittenen Stand der Dinge berichten zu können. Ich bitte dich, Leonard, such Antonia auf, bring es ihr schonend bei und sag ihr, dass ich sie bis zu meinem letzten Atemzug liebe. Vielleicht mag sich, wenn du meine Nachricht über Public Rumour verbreitest, ein wenig ziviler Widerstand regen, aber die Entscheidung, ob du das tun willst, überlasse ich dir. Jedenfalls wünsche ich dir, dass deine Forschungen dich anderswohin führen mögen als mich die meinen. Grüße, Karel.«

37 der Kopfhörer (2)

Eine Nachricht aus der Hölle, wie man sie von alten Feldpostkarten kennt. Ich bin zutiefst erschrocken. Das alles ist mir zu viel. Ich flüchte unter den Kopfhörer, um Béla Bartóks erstes Violinkonzert zu hören, das vor den beiden historischen Weltkriegen geschrieben, aber erst nach ihnen uraufgeführt wurde. Schon die lange Kantilene des Beginns, das idealisierte Leitmotiv der Liebe Bartóks zu einer jungen ungarischen Geigerin seiner Zeit, ein ruhiger und doch spannungsgeladener Dreischritt, dem eine große Septime hinzugefügt ist, vermag mich ein wenig zu besänftigen. Es ist so, dass ich manchmal, nicht allzu oft, ganz bestimmte Klänge aus dem Fundus der Jahrhunderte benötige wie die Luft zum Atmen. Zuletzt war es Bachs Ciaconna in d-Moll, jetzt ist es dieser Widerpart in mehr als nur D-Dur; an anderen Tagen wiederum brauche ich ganz anderes, etwa die wütend durchgeistigte Taubheit der späten Streichquartette Beethovens oder die notorische Motorik, die beharrliche Geringfügigkeit in den Kompositionen eines Philip Glass. Jetzt aber diese Begegnung: Bartók als Liebender, in anhaltender, in höchste Lagen aufsteigender und lange ausklingender Verehrung zunächst, dann im Zerrbild des zweiten Satzes den späteren Bruch vorauszeichnend, das Ende einer Liebe und eines Frühwerks. Ich bin froh, dass alles, was ich je hören will, in der Audiothek zur Verfügung steht. Während ich, wie eine Schnecke im Gehäuse des Kopfhörers verkrochen, mir die Aufnahme anhöre, ist mir, als zehrte ich von dieser Lebendigkeit, den Hoffnungen, der Energie und Gefasstheit, mit denen die Musik auf unvermeidliche Umbrüche zusteuert; als wäre auch die Arbeit der

Solistin, ihr viele Jahre währendes, von einer Idee der Vollkommenheit getragenes Studium an einer Musikakademie, letztlich für mich getan, für mich, den bedürftigen Zuhörer in einem viel späteren Jahrhundert. Denn diese Fertigkeiten und Qualitäten, die Virtuosität der ausgebildeten Geigerin und die professionelle Klangkörperlichkeit des begleitenden, dagegenhaltenden Orchesters, vermag uns kein Bildungsupload zu vermitteln, zu komplex sind die neuronalen Verknüpfungen, die dies erfordert.

38 die Lizenz

Ein aufdringliches Blinken auf meinem Arbeitsbildschirm kündigt eine amtliche Nachricht an; die Behörde kann sich in unseren digitalen Systemen immer Aufmerksamkeit verschaffen, jedes andere Interesse beiseitefegen. Ich setze den Kopfhörer ab und folge dem Ruf der Obrigkeit. Man habe, lese ich staunend, Lea in Anerkennung ihrer besonderen Verdienste posthum die Familienlizenz erteilt. Auf mich als Leas Partner und rechtmäßigen Erben gehe nun die Berechtigung über, eine Familie zu gründen. Man habe zu diesem Zweck einige von Leas Eizellen entnommen und konserviert (sieh an, das wusste weder sie noch ich), die mir nun jederzeit für eine künstliche Fertilisation zur Verfügung stünden. Da ich mittlerweile auch selbst die Lizenzvoraussetzungen mitbrächte, sei es mir aber ebenso freigestellt, mir eine andere, lebende Partnerin zu wählen, um meinen Kinderwunsch auf natürlichem Weg zu verwirklichen. Und schließlich, als dritte Option, wenn ich kein Interesse an einem leiblichen Nachkommen hätte, könne ich meine Lizenz auch verkaufen, diesbezüglich sei zweifellos mit regem Interesse und Angeboten in beträchtlicher Höhe zu rechnen. Wie immer ich mich entscheiden wolle, die Lizenz bleibe ab dem Datum der Benachrichtigung drei Jahre lang gültig.

Ich weiß sofort, was ich nicht will. Dennoch mache ich mir die Mühe oder das Vergnügen, an jede der mir angebotenen Möglichkeiten einige Gedanken zu verschwenden. Kommet, ihr Kinder der Toten! Um jetzt mit Leas Eizelle eine mutterlose Halbwaise zu zeugen, müsste ich herzlos und von nekrophilen Phantasien beflügelt sein, oder aber besessen von der Idee, unsere Beziehung in einem gemeinsamen Kind weiterleben zu lassen. Beides liegt mir fern. Ich könnte auch auf dem virtuellen Marktplatz annoncieren: Mann im besten Alter, nicht hässlich, zu Melancholie und Nachdenklichkeit neigend, aber mit weitgehend intaktem Erbgut und frei von sichtbaren oder verborgenen Krankheiten, bietet Familienlizenz. Die Macht des Kinderwunsches, die Aussicht auf seine so unwahrscheinliche und nun mit mir, mit meinem Angebot plötzlich in greifbare Nähe rückende Erfüllung, würde mir in den Augen vieler Frauen eine ungeahnte Attraktivität verleihen. Zugegeben, es könnte sich als interessant und schmeichelhaft erweisen, mich der einlangenden Angebote kaum erwehren zu können; dass ich diese natürlich nicht um meiner selbst willen erhielte, müsste ich mir dabei ja nicht unbedingt vor Augen halten. Ich könnte mir bizarre Vorlieben ausdenken und diese zur Bedingung für gemeinsamen Nachwuchs machen. Ich könnte das unmoralischste aller Angebote annehmen und mir von einer zu allem bereiten Schönen das Leben versüßen lassen. Ich könnte spielen! Oder ganz einfach die Lizenz dem meistbietenden Paar verkaufen und mir das künftige Leben mit sämtlichen Annehmlichkeiten versüßen, die das Humanareal zu bieten hat.

Ist es der Behörde ernst mit dem, was sie da schreibt? Was denkt man sich dabei, Leas Leistungen nach ihrem Tod auf eine Weise zu würdigen, die so sehr an das Leben selbst gebunden ist? Will man mich amüsieren, auf die Probe stellen oder mit der Aussicht auf ein eigenes Kind meinen Arbeitseifer beleben? Immerhin hat man mit dieser Nachricht den Totentanz meiner Gedanken gründlich unterbrochen, meinen erstarrten Tag gelöst. Meine Trauer mischt sich mit aberwitzigen, komischen und peinlichen Bildern. Ich lache und lache und kann nicht mehr aufhören, so absurd scheint mir die Situation. Jemand schaut prüfend zur Tür herein und zieht sich wieder zurück.

Das Lachen vergeht mir schnell, verfliegt wie ein Irrtum. Nur ein Kratzen im Hals ist mir davon geblieben und die hoffnungslose Gewissheit: nicht Leas Kind in die Welt setzen, sondern sie selbst zurückhaben zu wollen. Die neuen Technologien rütteln längst an den Grenzen des Todes. Doch auf das virtuelle Wiedersehen muss ich warten. Erst ein Jahr nach ihrem Sterbetag, so lauten die Regeln, werde ich an ihren Zerebralspeicher andocken, in die Welt ihrer Gedanken und Gefühle eintauchen, das digitale Echo ihrer Stimme hören dürfen. Leas Geist, belebt von einer konversationsfähigen künstlichen Intelligenz, wird mich besuchen. Ich sehne mich danach und fürchte mich davor.

39 das Elend

Der Gedanke daran, dass ich Antonia werde besuchen müssen, um ihr von Karels Nachricht zu berichten, überfordert mich schlichtweg, ich schiebe ihn beiseite. Die Sorge um die bevorstehende Evaluierung meiner Arbeit veranlasst mich zu einer vorläufigen Bilanz: Was ich bisher niedergeschrieben habe, mag seine Kreise ziehen, bringt aber nichts auf den Punkt. Was für ein Punkt wäre das? Ich muss meine Aufgabe versachlichen, meine Interessen bündeln, mein Arbeitsfeld eingrenzen. Ich muss mich im Scharfstellen üben, Satz für Satz, und die Wahl meiner Mittel rechtfertigen, nein: außer Frage stellen. Ich muss besser schreiben! Irgendwann muss der Punkt ein Brennpunkt sein, aus dem Rauch aufsteigt, eine Stichflamme vielleicht. Nur so kann ich vor der Kommission bestehen. Bis dahin aber heißt es arbeiten, die Linsen präziser schleifen.

Die Herkunft zu verstehen, dient dem Hinkünftigen. Mein Blick richtet sich jetzt, wie mein Auftrag es verlangt, auf eine längst vergangene, heute fast unwirklich erscheinende Situation, in der die Welt noch nicht verstrahlt und das Klimasystem noch nicht gekippt war. Um die Wende zum dritten Jahrtausend sahen wir allen Grund, unseren Einfluss auf den Werdegang der Erde für immer bedeutsamer zu halten, denn in der Tat: das war er auch. Damals wurde das Anthropozän erfunden (als Name, als Konzept) und beschrieben (als Sachverhalt). Die Recherchematerialien aus jener Zeit sind umfangreich, vieles liegt bereits im Original in digitaler Form vor und spricht eine klare Sprache – die Sprache des Unklaren nämlich. Je mehr Material ich sichte, desto widersprüchlicher werden die Botschaften.

Einerseits waren wir die selbst ernannten Regenten einer Epoche, die sich die Erde untertan gemacht hatte. Im künftigen geologischen Rückblick würde das Anthropozän ein Stratum bezeichnen, eine von den Spuren menschlicher Vorherrschaft charakterisierte Schichtfolge, die jener des Pleistozäns und des Holozäns folgte. Der Mensch würde die Ablagerungen dieser Epoche geprägt haben, wie er die Epoche selbst geprägt hat. Doch andererseits, und darin liegt der Widerspruch, würden unsere Hinterlassenschaften, von Plastikbergen über technischen Sperrmüll und ausgebranntes Kriegsgerät bis hin zu den Spuren des radioaktiven Fallouts, bei näherer Betrachtung Zweifel an der Legitimität dieser Herrschaft wecken. Was für eine glorreiche Regentschaft war das, die mit jedem Schritt ihres Aufstiegs die Insignien ihres Versagens immer unübersehbarer vor sich hertrug? Alles in allem zeigt die Menschheitsgeschichte sich nun, da sie zu Ende zu gehen droht, als eine Geschichte der verabsäumten Menschlichkeit. Und tatsächlich, das wissen wir heute nur allzu gut, wankte unsere Macht seit jeher. Schon zu ihren prosperierenden Zeiten gab es Krisen, die uns ahnen ließen, wie wenig wir im Grunde die Dinge im Griff hatten. Wir selbst waren es, die diese Krisen immer wieder herbeiführten, mutwillig, fahrlässig und unbelehrbar. Sie waren zahlreich, sie kamen und gingen, gingen und kamen. Den Weltkriegen und Atomunfällen, den christlichen Kreuzzügen und dem islamistischen Terror, den gesellschaftlichen Verwerfungen verschiedener Art, den Epidemien und Pandemien von Pest, Cholera, Spanischer Grippe und Corona, den Heuschreckenplagen, dem Bienensterben und dem Artenschwund, den Ernährungskrisen und Energiekrisen, dem übersäuerten Regen, der als erste

Vorahnung des späteren Niedergangs ganze Wälder absterben ließ, und der bis in unser Gehirn gespülten Plastikflut – ihnen allen folgten irgendwann wieder Jahre oder Jahrzehnte des Abklingens, des Verheilens und allmählichen Vergessens, der vermeintlichen oder tatsächlichen Gesundung oder auch nur Gewöhnung, des friedlichen Auslangens oder seufzenden Arrangements.

Die Reaktionen darauf, auch sie gut ablesbar in den Recherchematerialien, waren nicht minder widersprüchlich, sie reichten von manchen Ansätzen eines ernsthaft mahnenden Diskurses über Panikmache oder zögerliche Trägheit bis hin zu völliger Ignoranz und aktiver Leugnung. Manche Probleme, die ehemals nur in Fachkreisen am Rande der Gesellschaft Beachtung fanden, muss man rückblickend als dramatisch unterbewertet einstufen, während man über andere, die im Hochanthropozän des beginnenden dritten Jahrtausends hoch im Kurs standen, heute nur noch den Kopf schüttelt – nicht so sehr, weil sie mittlerweile bedeutungslos erschienen oder gelöst wären, sondern weil ausgewachsene Katastrophen ihnen den Rang abgelaufen haben. Seit die nukleare Eskalation unsere Vorfahren für ein halbes Leben in den Untergrund bombte, kann niemand nachvollziehen, wie man es einst für notwendig halten konnte, in jahrelangen leidvollen Waffengängen nationalstaatliche Grenzen ein paar Kilometer hierhin und dorthin zu verschieben und sich für die damit verbundenen Gräueltaten Orden an die Brust zu heften. Seit uns die eiserne Hand geschlechtsloser, algorithmengesteuerter Intelligenzen fest im Griff hat, ereifert sich niemand über den unzureichenden Gebrauch weiblicher Wortformen in der Alltags- und Schriftsprache. Seit Wüsten unseren Planeten weithin bedecken, zankt niemand mehr in mühseligen, bürokratisch aufgeblähten Verfahren über jeden kleinen Schritt einer Energiewende, deren unaufschiebbare Notwendigkeit lange zuvor zu erkennen und in die Tat umzusetzen gewesen wäre. Und über Wälder, Bienen und Rote Listen aussterbender Arten spricht heute auch niemand mehr, weil sich diese Themen schlichtweg erübrigt haben – die Biosphäre ist so gut wie tot, man hat ihr lange genug beim Sterben zugesehen.

Während wir also unser einigermaßen gedankenloses, geschwätziges und selbstgefälliges, auf unbegrenztes Wachstum, Ausbeutung und Missbrauch gestütztes Regime führten, kehrten stets die Krisen zurück, in altem oder neuem Erscheinungsbild, als um die Welt polternde Schreckensmeldungen oder schleichend durch die Hintertür, jedes Mal in veränderten und doch ähnlichem Gewand wie wechselnde Moden mit ihren Déjà-vus und manchmal etwas unbequemen Eigenwilligkeiten, die hinzunehmen einen erst zum Zeitgenossen machte. War dies nun das Hoffnungszeitalter, das Trost und Vertröstung in der Waage zu halten, seine Glücksversprechen gleichermaßen einzulösen und zu brechen schien, je nach Betrachtungsweise, Interessenslage und momentaner Befindlichkeit? So genau wusste das keiner, so genau fragte auch kaum jemand danach, weil die Hoffnung als solche blind vorausgesetzt war. Denn jedes Mal, nachdem neues Unheil aufgekommen war, schien früher oder später, meistens früher, alles so weiterzugehen wie zuvor, nur besser, unbedingt besser. Zumindest sollte es so aussehen und ließ sich immer auch so darstellen, wenn man den richtigen Ausschnitt in den Blick nahm. Der Schein genügte, die Möglichkeit, mit halb zugekniffenen Lidern die Dinge so anschauen, so betrachten zu können; denn um Anschauungen und Betrachtungen ging es, die als Kulisse für die gewohnten Geschäfte, die geschäftige Gewohnheit dienen konnten. Nicht zufällig wird in manchen Sprachen die Zukunft von einer Form des Zeitworts markiert, die auch als Irrealis dient. Das war sie, die Hoffnung des Anthropozäns, ein sonderbares und doch wirkmächtiges Gespenst.

Die Hoffnung begleitete uns nicht nur durch die Niederungen der jeweils gerade herrschenden Krisen, sie lehnte sich mitunter auch tapfer gegen jenes vielgestaltige Elend auf, das uns stets in neue Krisen trieb: gegen die elende Gier, die elenden Nationalismen und Fundamentalismen, den elenden Fremdenhass, die elende Feigheit, gegen die elende Untätigkeit angesichts längst offensichtlicher Notwendigkeiten, tätig zu werden. Noch die mächtigsten Männer der Welt konnten ungestraft daherlügen, der Klimawandel sei ein chinesischer Trick, oder ihre aggressorischen Übergriffe auf fremde Länder zur unfehlbaren Staatsräson erklären, die keinen Widerspruch duldete. Die Hoffnung wollte sie gerne alle in die Schranken weisen, die Machtmissbraucher und Krisengewinnler, die Heimattümler und Volksverführer, die Aufwiegler und die Beschwichtiger, von denen man nur die Wenigsten zu gendern braucht. Gelungen ist es ihr selten. Was blieb, war eine diffuse Verstörung, eine vielfach verzweigte Angst, die uns wohl allen, bewusst oder unbewusst, bis heute in den Knochen sitzt: die Angst vor dem Verlust der Hoffnung. Sie ist es, die uns heute, in der postanthropozänen Endzeit, mehr als alles andere einholt und überrollt. Auf die Bändigung gerade dieser Angst zielt der Auftrag ab, den die Behörde mir erteilt hat.

Das größte Elend aber war immer schon jenes, gegen das die Auflehnung die geringste Wirkung zeigte: der Tod. Man setzte alles daran, die menschliche Lebensdauer zu verlängern, anfangs von drei auf vier, später auf acht oder neun Jahrzehnte, auf ein Jahrhundert, doch siehe da: Es machte keinen großen Unterschied. Der Tod war und blieb der Tod. Er fraß das Leben weg und spuckte es aus. Viele verpackten ihn in die Watte einer Religion, in den Wohlklang eines Requiems, inhalierten das Opium des Volkes; andere verdrängten ihn, solange es ging, aus ihrem Denken. Alle aber wussten um die Tatsache ihrer Sterblichkeit und waren damit zu jeder Zeit überfordert, weil sie in unauflöslichem Widerspruch zu jener Hoffnung stand. Als unverrückbare Grenze unserer vermeintlichen Weltherrschaft war und blieb der Tod, dieser sture Geselle, ein Skandal.

In den Bemühungen um unsere digitale Konservierung bringt die heutige Endzeit den Widerstand der Jahrtausende auf den Punkt. Das Wissen und Wesen, die Sprache und Stimme jedes einzelnen Menschen zu speichern und gekoppelt an eine künstliche Intelligenz an die Nachwelt weiterzugeben, ist wohl der bedeutendste Akt der Auflehnung gegen den Tod seit der Entdeckung der Chromosomen und der Erfindung des Buchdrucks. Sämtliche menschlichen Wesenszüge sind bis ins Detail in Algorithmen erfasst, deren Variablen mit den Messwerten einer bestimmten Person belegt werden können; so wird die künstliche Intelligenz zur Trägerin dieser Person und lässt sie in ihrem Denken und Fühlen fortbestehen. Fatal ist nur der Zeitpunkt, an dem uns dies gelungen ist: Kaum haben wir den einzelnen Menschen ein Stück weit vor seinem Verschwinden bewahrt, ist es nun die Spezies Mensch, die zu erlöschen droht. Was uns ausgemacht hat, unser Wissen und Wesen, unser Denken und Fühlen, wird nutzlos auf Datenträgern liegen und einen zweiten Tod sterben. Rasch wird aus dem Gedanken ein Gedenken, das uns anonym nachweht. Vielleicht wird einmal eine außerirdische Existenzform bei uns eintreffen, unsere Asche beiseitefegen, den Inhalt unserer Datenträger kopfschüttelnd, sofern sie einen

Kopf ihr Eigen nennt, in sich einsaugen und sich wieder davonmachen in die Weiten des Alls. Dann wird sie, verwundert über die komplexe Nutzlosigkeit unserer Hinterlassenschaften, irgendwo Bericht erstatten über die Absonderlichkeit des vorgefundenen Arrangements von Daten und Toten. Und zuletzt, wenn einst die Sonne zum Roten Riesen wird, bringt die Hitze auch jene Datenträger zum Schmelzen und lässt uns ein drittes Mal sterben.

40 der Traum (5)

Ich träume, dass ich träume, dass ich träume. Irgendwo in dieser Stratigrafie, im Traum oder im geträumten Traum, versuche ich von den Drogen loszukommen, von den rotgrünen Kapseln. Vitamine und Mineralstoffe? Dass ich nicht lache. Das System will uns alle in Watte packen, um des Friedens im Humanareal und unserer widerstandslosen Lenkbarkeit willen – als wäre das Humanareal eine Irrenanstalt, die es möglichst ohne Zwischenfälle zu leiten gilt. Die Welt, heißt es, sei alles, was der Fall ist – wo aber bleiben in diesem Modell die Zwischenfälle, das zwischen die Zeilen Geschriebene und ebendort Gelesene? Ich sage: Ich will erwachen aus diesem Zwischenfall, der mein Leben ist. Ich habe die Einnahme abgesetzt, von einem Tag auf den anderen, ein unerhörter Akt der Selbstermächtigung. Ich stecke die Kapseln, statt sie einzunehmen, in die Erde der Pflanzenschalen. Sollte es sich doch um Mineralstoffe handeln, werden sie den Breitwegerich, den Vogelknöterich und das Weidelgras düngen.

Dann geht es los. Unter Entzugsschmerzen gebären alle meine Körperöffnungen Schwärme von schwarzen Vögeln, die himmelwärts steigen. Wüstenraben, denke ich, kluge und gesellige Tiere wie alle Rabenvögel. Plötzlich ahne ich, dass es mein eigenes Wissen ist, Tausende und Abertausende von Informationen, die mich in Vogelgestalt verlassen. Ich haste lange Reihen von Volieren entlang, deren Gittertüren offen stehen, und versuche verzweifelt, die Türen rechtzeitig zuzuschlagen, ehe alle Vögel ausgeflogen sind; doch die meisten haben die Gelegenheit zur Flucht bereits ergriffen. Ich verstehe nicht, was geschehen ist, wer die Türen geöffnet hat, aber es hat etwas mit den Drogen zu tun. Ich komme zu spät und bleibe als Narr zurück, mit einem bruchstückhaften, ungeordneten Halbwissen, wie es vor Jahrhunderten, vor den digitalen Bildungsuploads, der Normalzustand einer durchschnittlich gebildeten Person gewesen sein mag. Ich frage mich, wie man in einer derartigen geistigen Verfassung leben und denken, Entscheidungen treffen, glücklich oder unglücklich werden konnte – und ob ich aus diesem Albtraum jemals wieder erwachen werde. Wieder träume ich den alten Satz: Wir sind dem Aufwachen nahe, wenn wir träumen, dass wir träumen. Die Pflanzen auf dem Fenstersims blühen in einer schillernden Aura aus bunten Farben.

41 die Hoffnung

Ich bin früh erwacht und sofort aufgestanden. Draußen liegen die allerersten Sonnenstrahlen fast waagrecht über der Ebene, Leuchtstäbe im wirbelnden Staub. Ich schaue hellwach staunend aus dem Fenster, die Scheibe ist, da noch kein Licht auf sie fällt, ungetönt und glasklar. Wie hier alles angestrahlt und durchleuchtet erscheint, fällt auf mich, auf uns alle zurück, erhellt die Kehrseite der Ängste, der verheimlichten wie der offen eingestandenen, bricht das blinde Starren, das die längste Zeit, ungeachtet aller anders lautenden Zeichen, eine Unverwundbarkeit festzuhalten vorgab, wo längst die Welt blutete. Das ist nun der letzte Traum, den wir, Kinder der Hoffnung, wacher denn je immer noch träumen: dass nach kurzer Schockstarre auch diesmal alles weitergehen könnte wie zuvor, aus dieser Endzeit heraus in einen neuen Anfang, auf neue Krisen zu, von denen wir heute noch nichts ahnen. O süße Krise! Wer sie durchlebt, ist nicht tot. Das Hoffnungszeitalter ist jetzt.

42 die Wespe

Ich setze mich an den Computer und beginne, wie es mir in jungen Jahren häufiger, jetzt aber schon lange nicht mehr passiert ist, ein Gedicht zu schreiben, ehe das aufsteigende Tageslicht meine ausschwärmenden Gedanken in die Enge des Humanareals zurücktreiben kann. Gedichte eines Jugendlichen sind vielleicht ein Ausdruck überschießender Lebenskräfte, vergleichbar den Samenergüssen im Schlaf; mag sein, sie sind im Grunde verschwendet, Ausfluss der Fülle, des Übermaßes. In späteren Jahren hingegen fallen Verse zunehmend in eins mit dem Sammelpunkt der Konzentration, mit der Bündelung der Lebensgeister auf das Wesentliche, mit dem Liebesakt in seiner besten Form.

Ich werde mich hüten, meine Verse preiszugeben, ohnedies wären sie zu einem späteren Zeitpunkt wieder zu streichen, einzusparen wie alles, was über das Ziel meiner Arbeit hinausschießt oder die Kriterien der Behörde verfehlt; die Ökonomie des wissenschaftlichen Auftrags ist unerbittlich. Ich halte nichts von der alten Mär, die vollendete Form der Wissenschaften müsse poetisch sein; Poesie ist gewiss keine Wissenschaft, aber Forschung, ja, das ist sie allemal. Wer dichte, hieß es einmal, wolle sich überschreiten, jenseits seiner selbst gelangen; so gieße man bunte vergebliche Gesten in den Abgrund der Leere. Mein Bericht ist eine Sache, das Gedicht eine ganz andere, in seiner freien Inszenierung vielleicht näher am Theater als an der Prosa.

Leugnen ist zwecklos: Bald sind wir Vergangenheit, abgelöst von unseren digitalen Gespenstern. Doch was nicht mehr ist, hört nicht auf, gewesen zu sein, es bleibt der Wirklichkeit hinzugefügt – das sagen mir meine Recherchen, meine Fossilfunde in den Ablagerungen des Anthropozäns. Eine zu Staub zerfallene Wespe sticht immer noch, habe ich gelesen. Wir Menschen, sage ich und sagt das Gedicht, werden in diesem bescheidenen Sinn noch eine Weile fortbestehen, in unseren Versen auf den Punkt gebracht. Unsere Spuren und Schriften werden zu lesen sein, nicht eindeutiger oder zweifelhafter als unser Hiersein selbst. Wo bleibt sie nur, die nützliche Unterscheidung zwischen Traum und Wirklichkeit? Spuren werden gelesen oder auch nicht; und wenn sie nicht mehr zu lesen sind, wird es sie doch gegeben haben. Das ist der unscheinbare, aber harte Kern des Widerstands, wie die Dichtung ihn kennt, ihre Auflehnung gegen den Tod schon lange vor der digitalen Konservierung.

In Wahrheit ist es jedes Mal erbärmlich, ein Gedicht zu schreiben, im Flattersatz, die abgerissene Fahne der Verlierer, doch steckt eben auch ein Erbarmen darin, das sich gut anfühlt und wärmt, bei Bedarf auch kühlt. Es ist wichtig, sich schützen zu können. Geschwärzt sind die Verse körperhaft vorhanden, wie bekleidet, eingerüstet, zurückgezogen in ihre Möglichkeit. Weder verleugnen noch zeigen sie sich. Es ist wunderbar, an einem geschwärzten Gedicht zu arbeiten, als bliebe damit alles möglich, frei von den einschränkenden Festlegungen der Realität. Gedichte, die auf sich halten, müssen genau so publiziert werden, das gebieten Vernunft und Anstand, die Wertschätzung für ihren Möglichkeitsgehalt; vielleicht müssen sie schon geschwärzt geschrieben werden. Nur ich könnte meine Verse freilegen, auf dem Bildschirm die Schwärzung mit einem Klick entfernen, wenn ich das wollte. Doch wozu sollte ich das tun?

[redacted]

[redacted]

[redacted]

Und die Hoffnung? Dass sie sich an die Poesie knüpfen ließe, wäre zu viel behauptet. Die Dichtung selbst hält sich diesbezüglich bedeckt, verschanzt hinter Ambiguitäten, wie es ihre Art ist, verspricht Rettung und stellt sie in Abrede. Ob ich die Fragen der Poesie – jene, die sie aufwirft, jene, die sie beantwortet, und jene, die man an sie richten mag, ohne auf Antwort zu hoffen – in der Endfassung meiner Aufzeichnungen berücksichtigen werde, muss ich mir noch gut überlegen. Das Risiko scheint mir groß. Doch sie außer Acht zu lassen, ist nicht minder riskant. Poesie ist, das sagte ich bereits, keine Wissenschaft; aber etwas wie Wissen schafft sie doch.

43 der Nachlass

Zufällig bin ich heute auf den unveröffentlichten Journaleintrag eines wenig bekannten Schriftstellers gestoßen, der um die Jahrtausendwende gelebt hat. Der Eintrag rührt mich an, er ist mir seltsam vertraut, als hätte ich selbst ihn in einem früheren, ganz anderen Leben geschrieben. »Manchmal habe ich düstere Vorahnungen«, heißt es da, »als wolle sich jede einzelne Todesart an mir beweisen: der Hitzetod, der Strahlentod, das Verdursten, der Untergang in den Sturmfluten eines aus dem Ruder gelaufenen Klimas. Soll es denn tröstlich sein, dass jeder Mensch nur einen Tod zu sterben braucht? Es spielt keine Rolle, ob ich selbst gemeint bin oder eine spätere Generation; die Relevanz ist dieselbe. Ich will mich zur Wehr setzen, gegen jene Vorahnungen in meinem Kopf ebenso wie gegen das, was sie mir als meine, als unsere mögliche Zukunft vor Augen führen. Aber noch bewohnen wir die Welt, noch ist sie gestaltbar. Wir können unseren größten Ängsten ins Auge sehen und zugleich Zuversicht fassen. Es gibt die Allianz der Vernunft, die mit Realismus gepaarte Entschlossenheit. Täglich werden Entscheidungen getroffen, und nicht immer sind es die falschen …« Der Eintrag bricht an dieser Stelle ab, ihr Verfasser hat ihn nicht weiter ausgeführt; es folgen andere Sätze zu anderen Themen, die mich nicht weiter interessierten. Ob jener Schriftsteller der von ihm erwähnten Allianz angehört und sich in Klimafragen engagiert hat, konnte ich nicht recherchieren. Vielleicht war er einer von denen, die meinten, das Handeln des Schriftstellers sei sein Schreiben. Deine mögliche Zukunft, möchte ich ihm über die Jahrhunderte hinweg zurufen, ist unsere heutige Gegenwart.

44 der Besuch

Es mag ein Zufall sein, doch Antonia kommt mir zuvor und steht an diesem Abend vor meiner Tür. Das schlechte Gewissen erwacht in mir, ich hätte sie längst aufsuchen sollen. »Störe ich, Leonard«, fragt sie, »darf ich hereinkommen?« Sie nimmt ihre Gesichtsmaske ab und lächelt mich freundlich an, ganz anders als bei unseren bisherigen flüchtigen Begegnungen, bei denen sie mir stets die kalte Schulter gezeigt hatte. Fast scheint es mir in diesem Moment, als hätte Leas Tod eine Mauer zwischen uns eingerissen. Sie trägt Pastelltöne, die in schönem Kontrast zu ihrem schwarzen Haar, dem olivenfarbenen Hautton und den blauen Augen stehen. Ein anderes Blau als bei Lea, fällt mir auf, kein aufblitzendes Huskyblau, eher ein Azurblau, die ruhige Farbe des Lapislazuli. Antonia scheint abgenommen zu haben, ihre Jochbeine treten stärker über den Wangen hervor als zuletzt. »Ein überraschender Besuch«, sage ich nach einer Schrecksekunde, in der ich sie wie eine mögliche Gefahr gemustert und aufkommende unangenehme Erinnerungen in mir zurückgedrängt habe, und bitte sie herein.

»Unsere ersten Begegnungen, Leonard, haben unter ungünstigen Vorzeichen stattgefunden«, beginnt Antonia, nachdem sie in dem einzigen tiefen Sessel Platz genommen hat, den meine Wohnzelle zu bieten hat. Ich selbst setze mich auf den Arbeitsstuhl an meinem Schreibtisch. »Ich habe lange gezögert, ob ich dich aufsuchen soll, doch ich will mich bei dir entschuldigen, nicht zuletzt dafür, dass ich dir nicht einmal mein Beileid ausgesprochen habe, als wir von Lea

Abschied nehmen mussten. Ich war dazu nicht fähig, zu sehr hatte ich mit meinen eigenen Gefühlen zu kämpfen. Dasselbe gilt für unsere vorangegangenen Begegnungen, bei denen ich, das weiß ich wohl, recht unfreundlich zu dir war. Also, ich bitte dich um Entschuldigung und um so etwas wie einen Neuanfang. Denn ich muss dir einige Dinge erzählen. Dann wirst du auch mein Verhalten besser verstehen.« Sie sieht mich abwartend an, fragend vielleicht, wie ich ihre Worte aufnehme. Ich weiß nichts zu erwidern, nicke nur wortlos und will mich ganz aufs Zuhören verlegen. Dann sage ich doch etwas: »Ja, wir hatten, warum auch immer, einen schlechten Start miteinander, Antonia. Aber es freut mich, dass du mich besuchst. Es ist doch beinahe so, als wäre Lea jetzt bei uns; denn dein und mein Bild von ihr … sie verbinden sich zu einem Hologramm, das hier im Raum steht. Ist es nicht so? Siehst du das Foto dort auf dem Fenstersims zwischen den Pflanzenschalen? Dein Mann und ich haben einen gemeinsamen Bekannten, den Agrartechniker Luis, er hat mir die Wildpflanzen mitgebracht.«

Antonia erhebt sich aus dem Sessel und betrachtet lange sowohl das Bild als auch die Pflanzen. Dann sieht sie hinaus in den Abendhimmel, der mit dem verschwindenden Licht am Horizont und den ersten aufblinkenden Sternen geradezu friedlich aussieht. »Schön ist das hier«, sagt sie und macht eine Handbewegung, die Pflanzen, Bild und Himmel zusammenfasst. »Nun, Luis meinte, es sei Ökokitsch, aber mir gefällt es ehrlich gesagt auch. Es ist fast so, als könne Gras über das Unerträgliche wachsen, aber eben nur fast«, entgegne ich. »Man soll Rituale nicht schlechtreden«, meint Antonia. »Ich wünschte, jemand würde die Erinnerung an mich so in Ehren halten, wenn ich einmal nicht mehr bin. Karel ist verschwunden«, fügt sie unvermittelt hinzu. Antonia lässt sich in den Sessel zurückfallen und schließt für einen Moment die Augen. Ihre Lider, scheint mir, zittern ein wenig. »Ich habe keine Ahnung, wo er ist. Er ist wie vom Erdboden verschluckt und nicht erreichbar. Die Behörde erteilt keine Auskunft. Gesperrte Daten, heißt es. Ich vermute, es hat mit seinem Projekt zu tun, mit den Fehlschlägen.« »Ja«, entgegne ich, »ich weiß von Karels Problemen, von eurer schwierigen Situation in den vergangenen Monaten. Und denk dir nur, Karel hat mir geschrieben, gestern erst. Ich hatte vor, dich deswegen zu besuchen.« Bei der Erwähnung dessen, was ich schwierige Situation genannt habe, errötet Antonia und schüttelt peinlich berührt den Kopf; meine letzten Sätze, die Erwähnung von Karels Nachricht, scheint sie überhört zu haben. »Karel hat nur mit wenigen Menschen darüber gesprochen«, sagt sie nachdenklich. »Euer Treffen hat er mir gegenüber erwähnt. Er meinte, du seist aufmerksam und entgegenkommend gewesen, ein guter Gesprächspartner, aber du konntest ihm nicht viel Neues sagen, was hättest du auch sagen sollen. Wahrscheinlich hat Karel dir Angst gemacht, deine berufliche Stellung, oder sollte ich sagen: deine berufliche Gefährdung ist ja mit seiner vergleichbar. Ihr Wissenschafter sitzt auf Schleudersitzen, unter denen unaufhaltsam eine Uhr tickt, nicht wahr? Aber ich bin nicht gekommen, um dir Angst zu machen.«

Ohne eine Antwort abzuwarten, steht sie auf, nimmt ein Foto aus der Brusttasche ihrer sandfarbenen Bluse und reicht es mir. »Das will ich dir zeigen«, sagt sie leise. »Es ist ein Teil des Hologramms, von dem du vorhin gesprochen hast. Lea wird dir nichts erzählt haben, vermute ich, denn wir hatten einander Stillschweigen versprochen. Ich trage das Foto jeden Tag am Herzen, seit Lea tot ist. Ich trage nur mehr Blusen mit Tasche, alle anderen bleiben im Schrank. Auch Karels Hemden trage ich manchmal.« Im Augenwinkel sehe ich Antonia lächeln und möchte einen Moment lang nochmals auf Karels Nachricht zu sprechen kommen, aber meine Aufmerksamkeit ist bereits ganz bei dem Foto, das sie und Lea in sehr jungen Jahren Wange an Wange zeigt, als eng umschlungenes Paar. »Es ist schon so, wie es aussieht, Leonard. Als wir jung und leichtsinnig waren, in unseren frühen Zwanzigern, haben wir uns mitunter im frühen Dämmerlicht für eine Stunde oder zwei aus dem Humanareal gestohlen. Einmal draußen sein, weißt du, in der richtigen Welt, nicht im künstlichen Käfig des Humanareals. Einmal unter dem verblassenden Sternenhimmel alles hinausschreien dürfen. Dafür haben wir die Hitze gerne ertragen. Aber wir waren unvorsichtig, haben unsere Körper der morgendlichen Strahlung ausgesetzt. Heute vermute ich, dass Lea mit ihrer hellen, schutzlosen Haut sich damals den Krebs geholt hat. Ich fühle mich schuldig deswegen, mitschuldig zumindest, aber dann denke ich mir: Wenigstens haben wir gelebt.« Antonia steht nahe vor mir, nimmt mir das Foto aus der Hand und blickt mir fest in die Augen. »Als Lea mit dir zusammenkam, war ich eifersüchtig, weißt du. Lea hatte manchmal Männer, das war nicht das Problem. Auch ich hatte Karel, seit Jahren schon. Aber als die Sache mit dir anfing, wurde rasch klar, dass dies das Aus für unsere, wie soll ich es nennen, Liaison bedeutete. Antonia, sagte Lea geradeheraus, es tut mir leid, ich bin jetzt mit Leonard zusammen, mit Leib und Seele, verstehst du. Ich habe mit diesem seltsam unzeitgemäßen Kerl eine Beziehung altmodischen Zuschnitts begonnen, mit inniger Liebe und dem Gedanken an eine Familiengründung. Das ist mehr, als man in dem klaustrophobischen Wahnsinn unseres Riesenkäfigs erwarten darf, denn Enge und Nähe, so ähnlich sie auf ersten Blick aussehen mögen, schließen sich in der Regel aus. Unsere Freundschaft, Antonia, bleibt uns für immer, sagte Lea, aber das andere endet jetzt. Sie sagte das mit einer Klarheit und Entschlossenheit, die keinen Widerspruch zuließ. Ich verstand das, ich versuchte es zu verstehen und erwiderte nichts, aber ich habe dich dafür gehasst. Ich glaube, vor allem das ist es, wofür ich mich bei dir entschuldigen möchte.« Antonia steckt das Foto zurück in ihre Brusttasche. Dann ergreift sie meine Hand und legt sie an dieselbe Stelle. Nochmals überlege ich kurz, Karels Nachricht anzusprechen, einen Augenblick lang sogar, ihr von der angebotenen Familienlizenz zu erzählen, aber beides bringe ich in diesem Moment nicht über mich. Antonia sagt nicht mehr viel, umarmt mich kurz und geht.

45 die Erzählung

Eine Weile bleibe ich wie benommen zurück, hilflos in meinem Wissen, Antonia gegenüber versagt zu haben. Nichts von dem, was für sie von größter Wichtigkeit wäre, bin ich ihr mitzuteilen imstande gewesen; selbst ihre Umarmung hat mich, wenn ich ehrlich bin, einigermaßen überfordert. Die universellen Dinge und die kleinen Privatheiten ähneln einander auf seltsame Weise, denke ich undeutlich, jedes baut und rüttelt, rüttelt und baut am Ordnungsgefüge seines jeweiligen Kosmos oder an dem, was man für dessen Ordnung hält, ohne sie wirklich zu kennen. Durch meine Benommenheit taste ich mich allmählich wieder an mein Arbeitsthema heran, das mir plötzlich in seinen fernsten Umrissen naheliegend erscheint, näher an meinem persönlichen Bemühen, meinem persönlichen Scheitern.

Die Tatsache, dass unser Planetensystem ein Verfallsdatum hat, das dem Werdegang seines Zentralgestirns geschuldet ist, wurde noch lange nach ihrem Bekanntwerden achselzuckend hingenommen, vielleicht weil sie uns ohnehin erst weit hinter allen vorstellbaren Zeithorizonten treffen würde. Der Mensch war seit einem Wimpernschlag auf der Erde, und jetzt im Anthropozän tat er alles dafür, sich selbst binnen eines weiteren, noch schnelleren Wimpernschlags wieder aus dem Spiel zu nehmen. Das Thema Mensch würde sich, bis die zunehmende Sonnenhitze die Erde verwüsten und ihr in sieben Milliarden Jahren als Roter Riese endgültig den Garaus machen würde, auf die eine oder andere Weise längst erledigt haben. Oder aber, auch das schien eine mögliche Version der Erzählung, wir Menschen wären das Erfolgsmodell der Evolution schlechthin und würden über kurz oder lang das Universum kolonisieren, sodass es auf eine verbrannte Erde mehr oder weniger nicht ankäme. Zudem ist der Gedanke an die eigene Abwesenheit, ich sprach bereits davon, schwierig zu denken, er regt die Fantasie nicht eben an. So blieb die Perspektive unseres Abtretens von der Weltbühne die längste Zeit aus dem öffentlichen Diskurs weitgehend ausgeblendet.

Ehe sich dann unser Überlebenshorizont drastisch auf wenige Generationen beschränkt hat und diese Tatsache zum vieldiskutierten Thema geworden ist, wussten wir seine Weite weder zu schätzen noch zu nutzen. Dafür brachten wir schlichtweg nicht die geeigneten Voraussetzungen mit. Unser stammesgeschichtlicher Entwicklungsgang hatte uns mit genau den Sinnen und kognitiven Fähigkeiten ausgestattet, die geeignet waren, im Nahraum unserer Begegnungen mit Freund und Feind, Beute und Naturgefahren dem Überlebenszweck zu dienen. Objektiv validierte Wahrnehmungen des Wahrnehmbaren, veritabler Erkenntnisgewinn und Horizonterweiterungen ins Offene abseits der evolutionären Notwendigkeiten waren darin nicht angelegt und nur in schrittweiser Selbstermächtigung, mit der wir unabgesichertes Neuland betraten, ein Stück weit zu erlangen. Was Wunder also, dass wir damit, und vor allem mit den daraus erwachsenden Folgen, heillos überfordert waren. Wenn uns gerade keine krisenhaften Ereignisse in die altvertraute Enge trieben, schufen wir selbst, rückfällig in die Komfortzonen unserer Herkunft, Verengungen in unseren Köpfen, zogen Mauern und Zäune hoch und schlugen die Augen nieder für jene Nabelschau, die unser Weltbild zentrierte; wir taten dies, als läge darin ein gesundes und notwendiges Gegengewicht zu den Versuchen der Öffnung und Überschreitung. Wir sind die Schritte ins

Offene nie wirklich zu Ende gegangen, und schon gar nicht haben wir sie zu Ende gedacht.

Immerhin aber ist den jüngsten Entwicklungen, so desaströs sie sich insgesamt für uns darstellen, eines zugutezuhalten: In dem Maß, wie der Horizont der uns verbleibenden Zeit sich verengt, weitet sich das Denken der vernetzten Intelligenzen. Die einstigen Spaltungen sind überwunden, nationale und ethnische, religiöse, ideologische und parteiliche Grenzen und Fronten spielen, abgesehen von einschlägigem Geplänkel im einen oder anderen toten Winkel der Gesellschaft, längst keine Rolle mehr und sind aus heutiger Sicht, angesichts des Ernstes der Lage, schlichtweg Kinderkram. Die heiligen Symbole und Flaggen, für die einst gemordet und gestorben wurde, haben ihre geschichtsstiftende Bedeutung verloren, bunte Wimpelchen markieren nur noch spielerisch, augenzwinkernd zitiert aus historischen Zeiten, konkurrierende Forschungsgruppen in der Streichholzschachtel und wetteifernde Rennställe bei der einen oder anderen Wüstenrallye. Wir haben uns, spät aber doch, als eine Menschheit begriffen. Das wäre, wenn es denn früher geschehen wäre, eine Voraussetzung gewesen für so vieles, das uns bisher –

Ja, denke ich und lasse von der Tastatur ab, was soll ich da noch weiterschreiben? So sind wir eben, allzu langsam von Begriff und im Nachhinein wieder einmal klüger. Lohnt es sich noch, für uns zu kämpfen, zu forschen, Pionierarbeit zu leisten, Grenzen zu überschreiten – und sei es nur um jenes kleinen Fortschritts willen, den wir damit unserem Werdegang, der ein Untergang ist, als späten Lichtblick hinzufügen? Diese Entscheidung, das sehe ich ein, habe nicht ich zu treffen. Sie ist der Behörde vorbehalten, ihren Gremien und Thinktanks, den klügsten Köpfen des Humanareals, wie Lea einer war. Mir fehlt es freilich an Gewissheit, wie meine Entscheidung ausfallen würde, hätte ich über die Sinnhaftigkeit und Angemessenheit meiner eigenen Aufgabe zu urteilen. Ich gestehe misanthropische Anwandlungen ebenso ein wie mein ungebrochenes Festhalten am Sinn der Worte. Nüchtern und sachlich, zugegebenermaßen auch opportunistisch sage ich mir: Der Arbeitsauftrag, der mir unter Zuerkennung angenehmster Privilegien erteilt worden ist, soll für mich schwerer wiegen als meine Zweifel an seiner Sinnhaftigkeit. Oder in einer Formulierung, die der Evaluierungskommission gefallen wird: Ich traue dem Weisenrat der Überlebensbehörde weitblickendere Entscheidungen zu als mir selbst. Wenn das nun eine Geste der Unterwerfung ist – was würde wohl Lea dazu sagen?

Auch diese Möglichkeit will bedacht sein: Die Erzählung, die sich in meiner Arbeit fortschreibt, die Idee eines bis heute andauernden Hoffnungszeitalters, wird möglicherweise nicht so sehr uns selbst zugutekommen, sondern vielmehr unser Nachlass sein, eine Botschaft an jene, die vielleicht einmal an uns denken, über uns nachdenken werden. Nochmals male ich mir aus, wie wir eines Tages von einer anderen Lebensform gefunden werden, unsere verschmorten Überreste unter den aufgeplatzten Schutzpanzern der Humanareale, gleich daneben stillstehende oder funktionslos vor sich hin rotierende Windräder und Berge von geschmolzenem Plastik; wie also jemand auftaucht, sei es jene außerirdische Intelligenz, die unsere Asche zusammenfegt, oder ein neu aufkommendes, hitzebeständiges Vernunftwesen aus unseren eigenen Reihen der Cyborg-Hybridisierung, und mit Interesse feststellt: Das war die Menschheit, alles in allem ein Krebsgeschwür des Planeten, aber sie hatte ihre Vorzüge, sie war nicht nur in gewissem Rahmen vernunftbegabt, sondern auch kulturbegabt und zuletzt sogar: zur Menschlichkeit begabt. So wird man uns vielleicht sehen. Ab einem gewissen Alter allerdings, und dieses Alter hat die Menschheit erreicht, zählt bloße Begabung nicht mehr allzu viel, sondern das, was man daraus gemacht hat. Ist es nicht so? Ich stelle mir vor, wie jene Ankömmlinge selbst ein Übermaß an Kultur mitbringen, wie sie zum Beispiel mühelos unsere digitalen Hinterlassenschaften zu lesen wissen, sich lächelnd hinwegsetzen über Sprachgrenzen und Fragen der Kompatibilität von Dateiformaten, und wie sie vor allem auch alles Niedergeschriebene im Grunde längst kennen und wissen. Ich kann mir denken, dass sie in uns etwas rückständige, schwächer entwickelte Geschwister sehen oder entfernte Verwandte, die es bedauerlicherweise an den absterbenden Ast des Stammbaums verschlagen hat. Ach, sieh an, sollen sie einmal sagen, diese Menschheit war nicht ganz so elend, wie es aus der Ferne beobachtet den Anschein hatte; es war tatsächlich, wie sie es auch selbst gerne sehen wollte, ein unzerstörbarer Kern der Menschlichkeit in ihr, etwas Schönes, das sie überlebt hat. Es wird also, so hoffe ich, in ihren Augen ein wenig schade um uns sein; sie sollen, falls sie dazu befähigt sind, ein leises Bedauern spüren, uns nur noch hinterherforschen zu können, nicht mehr mit uns leben, sich mit uns austauschen und uns möglicherweise sogar helfen zu können.

Und wenn niemand kommt, um nach uns zu sehen? Auch dann wird es gewesen sein, wie es eben war. Die Menschheit wird gewesen sein, was sie war, und auch ich selbst werde gewesen sein, was ich war. Ich werde dieses eine kleine Leben gelebt, meine Liebe und meine Trauer durchlebt, meine Gedanken gedacht und ihnen die eine oder andere, längst ausgelöschte Formulierung und Form gegeben haben. Ja, die universellen Dinge und die kleinen Privatheiten ähneln einander auf seltsame Weise.

46 der Brennpunkt

Das hat sich nun also, nach sorgfältigem Scharfstellen, als blasser, aber immerhin leserlicher Schriftzug im Brennpunkt meiner Aufzeichnungen abgebildet: Die Hoffnung, von der ich zu sprechen vermag, gilt nicht dem Menschen, sondern der Menschlichkeit. Nein, es steigt kein Rauch auf aus diesem Brennpunkt und schon gar keine Stichflamme. Da ist nur ein möglicher Gedanke; ein Gedanke, der nach alledem noch möglich bleibt. Der Mensch mag untergehen, aber das Menschliche als Vermächtnis lebt. Ich spüre, dass sich darüber weder Trauer noch Freude empfinden lässt. Es sind wohl, wie es einst hieß, keine Lieder mehr zu singen jenseits des Menschen; aber ganz zweifellos wird es sie gegeben haben – die Menschen wie auch ihre Lieder. Sie werden unserer zu Ende gelebten Wirklichkeit eingeschrieben und eingesungen sein, ausgelöscht und unlöschbar.

Und auch das ist ein möglicher Gedanke: Vielleicht – immerhin deutet genug darauf hin – ist alles ganz anders, und das Menschliche ist schon lange vor dem Menschen auf der Strecke geblieben. Jetzt benetzt er, selbst ein Engel der Geschichte, mit seiner Träne die Stelle, an der es gefallen und versunken ist.

47 der Satz

Meine Aufzeichnungen sind ins Stocken geraten, vielleicht haben sie ihren Zweck bereits erfüllt: als Abgesang auf die Hoffnung und als Geste ihrer Überschreitung. Beides scheint einander nicht auszuschließen, im Gegenteil: Geschätzte Damen und Herren der Evaluierungskommission, ich werde Ihnen sagen, es gilt die aporetische Energie zu nutzen. Heute aber bringe ich bloß noch diesen einzigen, immerhin langen, aber unbrauchbaren Satz zustande, der sich selbst in Abrede stellt, indem er die Unmöglichkeit jedes weiteren Schreibvorgangs behauptet, und nun stellt sich der Satz mit seiner Selbstverleugnung, die der Verleugnung jeglichen Satzes gleichkommt, jedem künftigen Satz so unüberwindlich in den Weg, dass an diesem Tag, wie ich schon jetzt weiß, nichts mehr, kein überraschender Einfall und keine gewohnheitsmäßige Beharrlichkeit, zum Weiterschreiben reichen und der Satz, der die Unmöglichkeit des Schreibvorgangs behauptet, somit unangefochten recht behalten wird. Wird es also keinen künftigen Satz geben? Nun denn, so sei es.

Ich lasse von der Tastatur ab und wende mich abwartend, ohne besondere Erwartungen, der Lektüre meiner unerschöpflichen Recherchematerialien zu. Wie man über die Unmöglichkeit des Schreibens schreiben kann, wie man schreibend der Neigung zum Verstummen nachgeben kann – das sind Fragen, die man schon vor Jahrhunderten aufgeworfen, mit denen Scharen von Dichtern jongliert haben wie verzweifelte Pausenclowns. Im Hochanthropozän gab es ungefähr einhundertfünfzig Millionen verschiedene Bücher auf der Welt. Die meisten davon, von einigen bibliophilen Handdrucken und entlegenen Kleinstauflagen abgesehen, sind von der Digitalisierung erfasst worden und stehen mir zur Verfügung. Ich kann sie nach Schlagworten durchforsten. Die Wahrscheinlichkeit ist hoch, dass in einem dieser vielen Bücher genau der Satz geschrieben steht, nach dem ich vielleicht noch immer vergeblich suche. Doch keine Suchmaschine, keine künstliche Intelligenz der Welt wird mich ihm näherbringen, denn ich habe keine Ahnung, worum es in diesem Satz geht und welche Wörter in ihm vorkommen. Wie immer, wenn ein Text sich seinem Ende zuneigt, wird er von dem Gefühl begleitet, er sei eigentlich noch ungeschrieben.

48 der Kopfhörer (3)

Man mag mich belächeln, aber heute habe ich mich für Franz Schubert entschieden, noch dazu für ein musikalisches Leichtgewicht aus seiner Feder, eine seiner kleinen Sonatinen für Violine und Klavier, in denen neben Gesanglichkeit und Zwiesprache gerade genug stiller Ernst ist, um ein wenig nachdenklich zu bleiben. Vor allem aber ist, was ich da höre, ein unschuldiges, fast ein wenig einfältiges, bedenkenloses C-Dur, unverbrämt durch Versetzungszeichen; nichts Sinfonisches, nichts hochfliegend Solistisches, nichts, was den Bruch seiner selbst vorwegnimmt. Jeder dieser Töne lässt sich hören als inniger Anklang einer fraglos berechtigten Hoffnung des Ich auf seine Welt. Ja, ich höre jetzt Schubert, freilich in dem Bewusstsein, dass so unbeschadet keine Gegenwart jemals mehr klingen wird; ich höre zufrieden lächelnd diese fast noch klassische Romantik eines lange zurückliegenden Jahrhunderts, die auf ein unbestimmt Gutes zuwehen will, während ich zugleich nur allzu genau weiß, was alles geschehen sein wird bis zum heutigen Tag.

49 die Sonne

Nun bin ich mit meinen Aufzeichnungen doch einigermaßen vorangekommen, stelle ich im Wiederlesen fest und freue mich; immerhin konnte ich zuletzt einiges in den Fokus rücken, was ein paar Seiten zuvor noch in Unschärfe lag. Bernadette kommt herein, nach unserer ersten, fast als kriegerisch zu bezeichnenden Begegnung sind wir einander mittlerweile wohlgesonnen, obwohl ich immer noch keine Ahnung habe, wer sie eigentlich ist und was sie hier tut. Im ersten Moment will ich ungehalten reagieren, wie immer, wenn mich jemand um irgendwelcher Geschäftigkeiten willen bei der Arbeit stört, »würden Sie mich bitte in Ruhe lassen«, will ich beginnen, »das Fenster, bleiben Sie vom Fenster weg«, doch dann besinne ich mich, spreche sie freundlich an, verrate ihr, dass ich gute Fortschritte gemacht und über die anfängliche Bestandsaufnahme unserer verwüsteten Erde hinaus nun weitere Bahnen gezogen habe, die eine gemeinsame Mitte erkennen lassen. Sie nickt anerkennend und fragt nach, was das denn für Bahnen seien und ob ich in jener Mitte des Orbits wohl die Sonne gefunden habe, wie es sich in unserem Planetensystem gehöre, alles andere würde sie beunruhigen, aber ich winke ab, erschrocken darüber, wie sorglos sie über die Sonne spricht. Später recherchiere ich wieder, die Recherche ist mir zur täglichen Gewohnheit geworden, als glaubte ich immer noch an das eine entscheidende Fundstück, das mir über das Bisherige hinaus zu etwas Neuem, zu einem Durchbruch der ganz anderen Art verhelfen könnte. Bernadette hat mich immerhin auf einen Gedanken gebracht: Wenn es denn die Sonne ist, die uns für den Rest unserer Tage im Humanareal gefangen hält, dann will ich nicht geblendet den Blick vor ihr senken, sondern mehr über sie erfahren.

Ein Schlagwort genügt, und die digitalen Archive spucken Lesestoff für Jahre aus. Nach der Sonne gefragt, weiß der Chatbot gar nicht, womit er beginnen soll, und lässt sie in sämtlichen Rollen, in allen möglichen Kostümen auftreten: die Sonne als Zwergstern (ein Zwerg mit immerhin hundertzehnfachem Erddurchmesser) und als Gottheit, die Sonne als Zeitgeberin, als Symbol der Macht und der Aufklärung, als Erschafferin des Lebens und strahlende Ernährerin sämtlichen Grüns auf der Erde, die Sonne als Heilerin und Gefährderin, als Verursacherin von Sonnenbrand, Sonnenallergie, Sonnenstich und, ja, Hautkrebs. Mit über neunundneunzig Prozent der Masse des Sonnensystems hält sie die Planeten mühelos im Bann ihrer Gravitation. Jedes dieser Stichworte und Themen ließe sich vertiefen, der Chatbot bietet mir ein ganzes Bündel von Abhandlungen an und schlägt mir eine Abfolge, eine Kapitelgliederung vor, die ein neues Buch ergäben, doch das bringt mich nicht weiter, ich lehne dankend ab. Erst dort, wo die Sonne selbst sich krisenhaft zeigt, werde ich fündig. Im hohen Norden, wo sie immer schon zwischen Gedeih und Verderb stand, tief stehend grell ins Auge fällt, wenig wärmt und derart schwächelnd doch nicht untergehen kann, findet man in der Literatur der Jahrhunderte mancherlei Mutmaßungen, geradezu Unterstellungen: dass sie nicht sei, was und wie sie scheine, sondern über die Fähigkeit zu betrügen verfüge; dass sie, scharf und unbarmherzig, alles verbrenne, was dem Leben einen Sinn gebe, und so sehr blende, dass man den Freund nicht erkenne. Ohne sie, lese ich, wären die Dinge nur, was sie sind. Ungefähr dasselbe schrieb ein anderer anderswo über die Sprache: dass es ohne sie alles gäbe und weiter nichts. Die Sprache und die Sonne, die Sonne und die Sprache – als hätten sich zwei gefunden zum gemeinsamen Untergang. Oder nur wir gehen unter und die Sprache bleibt zurück als Fossil, das vielleicht niemand jemals mehr ausgräbt, während die Sonne ungerührt die ihr verbleibenden Jahrmilliarden weiterscheint.

Der Autor blickt mit diesem Text dankbar auf das kulturelle und literarische Erbe zahlreicher Persönlichkeiten, namentlich von Anna Achmatowa, Aristoteles, Kjell Askildsen, Gaston Bachelard, Ingeborg Bachmann, Walter Benjamin, Elazar Benyoëtz, Ernst Bloch, Paul Celan, Inger Christensen, Marcus Tullius Cicero, Nicolás Gómez Dávila, Will Durant, Norbert Elias, Hans Magnus Enzensberger, Edward M. Forster, Erich Fried, Stefan George, Ernst von Glasersfeld, Johann Wolfgang von Goethe, Durs Grünbein, Peter Handke, Thomas Hobbes, Hugo von Hofmannsthal, Homer, Saša Ilić, Karol Irzykowski, Dževad Karahasan, Karl Kraus, Laotse, Jean-Marie Gustave Le Clézio, James Lovelock, Tanja Maljartschuk, Karl Marx, Gerald Murnane, Stefan Napierski, Friedrich Nietzsche, Cees Nooteboom, Novalis, Ovid, Titus Maccius Plautus, Christoph Ransmayr, Rainer Maria Rilke, Gerhard Roth, Friedrich Schlegel, Julian Schutting, Friederike Schwab, Charles Richard Snyder, Adalbert Stifter, Giuseppe Ungaretti, John Updike, Martin Walser, Ludwig Wittgenstein und Zosimos aus Panopolis.

[1] Anna Achmatowa, *Der Traum* (1946). In: *Ich lebe aus dem Mond, du aus der Sonne*. Liebesgedichte. Insel-Bücherei 2003, Berlin 2013.

[2] Gerald Murnane, *Land Deal.* Zitiert nach: Ben Lerner, *Der einfache Sinn für die Dinge*, Nachwort zu Gerald Murnane, *Die Ebenen.* Bibliothek Suhrkamp 1499, Berlin 2017.

Inhalt

Die Arbeit des Autors an diesem Buch wurde vom Deutschen Literaturfonds e. V. gefördert.

Umschlag: & Co www.und-co.at
Satz: AD
Druck: Florjančič

ISBN 978-3-99059-149-9

Literaturverlag Droschl Stenggstraße 33 A-8043 Graz
www.droschl.com